世間覺系列
與鬼相處日誌

(1)

緣起

有一晚我獨自坐在大廳中，想著觀音菩薩頭頂上阿彌陀佛的故事。

觀音菩薩其實一早已成佛（名正法明如來），但祂倒駕慈航（返）回這世界做菩薩，救度一切眾生，使眾生免於苦難及在六道（天道、阿修羅道、人道、畜牲道、餓鬼道、地獄道）中輪迴（不斷轉生再世）流轉生死，同時祂亦立下誓願說如果祂違背誓言，祂的頭顱將碎裂為千片。

有一天，觀音菩薩站在須彌山頂環顧世間眾生，發現無數人仍在六道中輪迴流轉生死，數目不但沒有減少，反而越來越多，痛苦也沒有減少。祂心生氣餒地說：「唉！世人的苦難是與生俱來的，只要世間存在一天，苦難就存在一天。如果無法斷絕苦難，如何能度盡蒼生？看來當年的誓願是自尋苦惱、不自量力。我還要白廢力氣嗎？倒不如現在就回轉極樂世界去吧！」

觀音菩薩當下起了退轉之心，而當年的誓言亦隨即應現：祂的頭顱立即碎裂成千片，猶如千葉蓮花散落，受到極大的痛苦。此時祂的師父阿彌陀佛前來，對觀音菩薩說：「觀音啊！你千萬不可違背誓言！不然，祢所做的一切善行，都將變成虛妄，祢只要繼續堅持下去，必能完成弘願的。」

阿彌陀佛於是發揮不可思議之力量，將碎裂的觀音菩薩頭顱重整成十一面及伸出手臂，頭頂亦升起一座化佛相「阿彌陀佛」，之後並說真言：「唵嘛呢叭彌吽！」觀音菩薩聽聞這六字真言後，立刻得到大智慧，也剛強起來，再無軟弱後退之心。

　　我衝口而出說：「有用嗎？救度得了所有人嗎？解決問題的方法，是從它的根開始糾正及教育，不是在造作種種惡業（惡行）後，得到了惡果（後果）才去解決，很多人根本不明白因果，亦不相信因果，他們並不知道自己的所作所為會造成的後果，因為他們都感應不到，即使別人告訴他們，他們也不會相信。這是由於他們自身的業障太重，無知、執著、愚痴、顛倒是非，亦習性難除，即使地球滅亡，也不會救度得了所有人，相反只會越來越多人，世人只會不停的重複下去，永永遠遠、生生世世也在六道中流轉生死……」

　　之後我把這件事情淡忘了，隨著在我身上所發生的靈異事件越來越多，我開始覺得自己的經歷及看法，其實也可以給別人帶來一點啟發及反思，但是會有人相信嗎？直到發生佛門事件，才加強我的信心去完成這本書，那時我在想：既然決定出版這本書，是應該在佛教道場免費給有緣人贈閱嗎？但是我覺得這是偏離了我的本意，因為去得佛教道場的人，本身已是與佛有緣，亦明白到要謹守自己在身口意（身體、言語及思想）上的所作所為，也明白「欲知前世因，今生受者是，欲知後世果，今生作者是！」即釋迦牟尼佛的三世觀及因果理論。而我的目標讀者是一群尚未認識到佛教及不了解因果的人，所以要寫得淺白一點，以迎合不同根器（慧根）的讀者。當初我在不太認

識佛教時，曾拿起一本佛教書籍來閱讀，也因為它的用詞專業及艱深而放下。這點我是了解的，當然，深一點我亦寫不出。

我們每天也會跟很多認識、不認識的人互動及結緣，是善緣還是惡緣？全憑自己一念之間，有人問：「你學佛究竟學了甚麼？」我會告訴他我學會了轉念，譬如今天遇上不認識的人對我怒目而視、言語粗魯，我明白到是因為前世與他結下不善之緣，今世大家有緣再聚，那份惡緣還是繼續下來，但是我不會再心隨境轉（因為他的怒氣而影響我的心境）。相反，我覺得他其實也是蠻可憐的，因為可能連他自己也不明白怒氣何來？而只是純粹覺得心口有團火，或看我不順眼，就是這樣四處結下惡緣，這時我反而會笑起來，笑我們人類的可悲，生生世世也是在不斷循環這種模式，慈悲心也油然而生，希望帶給他一點安樂（慈），以及拔除他的痛苦（悲）。當然我的修行又未有那麼高，特別是在面對丈夫時。其實又可以這麼想，丈夫的出現是幫助我修習忍辱，只是我未有這等智慧及忍耐力去實踐，故我也只是一個極普通的凡人，並且累世造作的惡業（因）比較多，今世又造作種種不善業（因），在循環累積下，因（緣）成熟結果，才會有眾等惡果（果）發生在我的身上（因＋緣＝果），猶幸我尚存一點慧根及與佛有緣，也得蒙眾靈的幫助及感應到身上種種異事。

己所不欲，勿施於人。
將心比心。

2015 年 10 月 書

序（一）

佛經有個典故，提到一群盲人觸摸一頭大象，之後要他們各自形容大象的形象 —— 觸摸象耳的盲人形容如簸箕（類似垃圾鏟），觸摸象頭的盲人形容如水缸，觸摸象牙的盲人形容如犁（是一種能夠翻出深層泥土、牛拉的農具），觸摸象鼻的盲人形容如犁柄（拉車的棍柄），觸摸象背的盲人形容如研缽（配合研杵使用把固體研磨成細小粉末的研磨器），觸摸象腹的盲人形容如甕（盛載酒水的大器皿），觸摸象腳的盲人形容如柱，觸摸象尾的盲人形容如粗繩，觸摸象尾末端毛束的盲人形容如一柄掃把。對各位盲人來說，他們統統都沒有說錯，卻也不代表任何一位是對的。

人們通常站在自己的經驗、立場、知見，主觀地認為自己看到的、聽到的、認知的、推斷的，就是整件事物之全部及其真實相貌，認定及堅持那是對的，殊不知只是整件事實的部分狀態，各人有各人不同的理解及觀點，要瞭解事實之全貌，就要把各人的觀點拼合起來，才能完成整幅拼圖，以窺全貌。

在 2013 年底，我報讀了「中醫基礎食療」課程，一名老中醫在小息期間替我把脈，把脈良久之後說：「你嘅內臟曾經一齊全部瞓晒覺！中醫幫唔到你，西醫更幫唔到你！搵個宗教嚟信啦！等自己有個寄托！」之前我刻意不告知他我的任何病歷，因此對他的說法感到十分詫異和好奇。我隨即向他請教內臟睡了覺的對應方法，他說：「令佢哋活起嚟！」那次之後我沒有再跟他談及病，而那幾個字就令我困惑了幾年。

小小年紀的我，已跟一大班鄰居朋友跑進教堂唱聖詩、讀聖經、背金句、聽耶穌偉大及神奇的事蹟，一直維持至初小。我就讀的小學及中學，分別是基督教及天主教背景的學校，十多年前亦曾參加基督教的慕道班，但我卻不是神的追隨者，因為從未決志（決定志向、立志追隨，把身心交託給神的意思）或受洗。2001 年進行開腔心臟手術後大半年，我的身體日漸轉差及感到力不從心。2008 年，我先後參加了一個氣功班及打坐班以改善體質，無意中讓我認識到「因果病」這名字，從而走進佛教的「自修」世界。在斷斷續續的自學生涯中，頭上浮起一層又一層的雲霧，只感到有些內容契合個人的經歷及人生觀，包括一些中西醫解釋不了的病況、一些奇異或靈異的事件、心靈覺醒等，繼而像有一股魔力把我吸進去。在 2012 年，我報讀了一些中醫基礎課程，亦即在那時候遇到上面提及的中醫師。在 2014 年中，我「正式」報讀佛教「禪修基礎班」的同時，也繼續數年來每晚打坐的習慣，在打坐安住身心的路途上，除了替身體帶來一些改善，也獲得不一樣的體驗及經歷。這些年來，配合佛陀對世間的解說和言教，以及其他宗教的演說，讓我對世間有更深入的瞭解，也帶來心靈上的無盡啟發，也就是這套「世間覺」系列的內容，包括《與鬼相應日誌》、《宗教及人生》、《身心靈》、《佛教脈絡》。

　　《與鬼相應日誌》是敘述昏迷時靈魂離體的經歷、打坐時的奇異經歷，以及一些親身遇上的靈異奇怪事件，乃至其他國家地區對鬼、靈魂的看法，並且拆解多種靈異現象的成因。當中提及末學患的心口痛，竟在數月及數秒間消失得無影無蹤的經過，一切猶如故事的情節和巧合，信不信由你！雖然在經歷某些事情後，令我在精神及心靈上受了很大的困擾及創傷，卻

讓我更清楚瞭解這世間的「真實」運作，以及一些奇怪疾病的來源。

　　《宗教及人生》共七個篇章，分上、下兩冊，包括宗教解讀、覺 I 至 III、佛教底蘊 I 至 III、一神教底蘊。「宗教解讀」部分是在拆解道教、佛教、儒家、一神教等各宗教或學說的內容及異同，「覺」則是剖白在這些年來，我在人生及學佛路途上得到的一些心靈啟迪及感悟，內容以三組（I 至 III）的形式逐步呈現，期望能使讀者由淺入深認識「我的世界」和「佛教的真實內容」。而《宗教及人生（下）》包含詳細解剖一神教各教派。

　　《身心靈》分身、心、靈三個篇章：「身」是指身體、健康方面，內容涵蓋強調「和諧、平衡」的中醫歷史、強調「科學、精準」的西醫歷史、中西醫比較、中醫理論，以及中醫、佛教及身心的關係，命名為「身體篇」，其中包括揭開老中醫能說出我的病因的神秘面紗。「心」是指心理質素方面，其實就是《宗教及人生》之延續篇，在上冊及下冊兩本書中已包含了覺 I 至覺 III。因此在《身心靈》一書中，命名為「覺 IV」，內容更為現實貼地及趨向身心的解脫。「靈」是指靈性、靈修方面，是透過禪修來沉澱思緒、反思日常的言行及欲求，乃至觀察自己在思想上、情緒上的跳躍和轉變，亦會介紹打坐在各家各派中的分別，除了提及打坐的好處，亦會指出可能遇上的境界和危險，並提及末學遇上的境界，命名為「靈性篇」。

　　《佛教脈絡》主要是拆解強調「慈悲、平等」的佛陀生平和事蹟，以及佛教的來源、經書的結集、佛教的傳承，也拆解佛陀家鄉印度的社會結構。

這套書其實是回應在 2013 年底那位中醫師的話──「你嘅內臟曾經一齊全部瞓晒覺！中醫幫唔到你，西醫更幫唔到你！搵個宗教嚟信啦！等自己有個寄托！」「世間覺」系列是以我的個人經歷為主導，再配以各宗教、中西醫學、養身指導、打坐知識、生活體悟、佛陀啟悟等各方面來解釋及印證的書籍，亦是一套結集以上各範疇的入門書籍。

　　經過這些年後，發覺每個宗教或學說各有長短、優劣，卻是缺一不可，互相結合方能解釋及圓融這世界，祈望這套書能給讀者帶來一點反思、啟發及靈感。整套系列的內容其實是我邊經歷、邊學習、邊研究、邊試驗、邊求証的親身歷練，因此未必能如一般介紹書籍般有系統，但末學已盡力重新編輯務求容易理解，不足之處，敬請原諒。

序（二）

　　我無陰陽眼（慶幸我沒有），但我「曾經」有陰陽耳及「曾經」給鬼魂自由進出身體，可能由於我曾在昏迷中靈魂離體，及體質比較特別，所以容易跟鬼相應，以致我在日後遇上靈異的事件特別多，多得令我有點吃不消。

　　我不是甚麼特異、通靈或宗教人士，我只是一個普通家庭主婦，沒有壯志雄心，也不嘩眾取寵，亦不想藉此成名謀取利益，只想以親身的經歷，去啟發他人對疾病、某些神秘現象及人生的認識，等他人有多一個角度的思考。至於讀者信不信、會不會嘲笑跟我無關，這是閣下的事。但請在不信及嘲笑的同時，用少少時間觀察及反思一下。

　　這五、六年來的壓力，主要來自出版這本書，因為我怕被指本書內容鼓吹迷信、妖言惑眾，更擔憂讀者只睇鬼神及拜懺部分，便跟隨我走過的路而出問題。畢竟我過往的歷練跟別人有點不一樣，我能夠以平淡、冷靜面對任何境況，但不代表別人也可以。因此懇請讀者也閱讀「世間覺」系列另外四本書籍《宗教及人生（上）》、《宗教及人生（下）》、《身心靈》和《佛教脈絡》，對世間有多一點的認知，不要做一個一知半解、糊糊塗塗、人云亦云的人。

　　《與鬼相應日誌》是以時間順序記錄末學的經歷及心路歷程的日誌，但順序中包含的一些文章是回憶的敘述，希望讀者在閱讀時不致產生混亂。

世間覺系列（1）與鬼相應日誌

柑子的話

1992年 - 2014年

01. 昏迷中靈魂離體

我恢復「意識」了！第一個感覺是我的身體往後跳，身體前後搖擺不定站不住腳，之後感覺腳向後升起，我低頭卻看不見自己的大小腿。當身體成一水平線時，再升到天花板的角落，我就像一隻蜘蛛四肢抓著牆壁，低頭向下望，看見醫生、護士圍著病床，在我的心口位置打針（那時在深切治療部），我大聲叫：「你哋做乜嘢？我未死㗎！」

我不能確定自己是否有大叫出聲，也可能一直只是用念力、意念。

我不停地叫喊，一直也沒有人有反應，其實我並沒有意識到自己靈魂離體這件事，因為我根本不知道人有靈魂，甚至會離開身體。後來我閉上眼睛一會，不知道時間過了多久，我感到被一股吸力扯回到身體裏面，意識已回到床上，卻開不了眼及動不了，只是感到他們在我的左面及左頸附近不知做甚麼。我覺得左面有東西從下而上被覆蓋，我以為被翻面皮，便在極度恐懼下說：「你哋想殺我，我就死吧！我好劫喇！」跟著意識就沒有了，再一次有意識時，是在模糊間打開眼睛看了一眼又再睡去，不知時間過了多久便真正醒來。那是惡夢的開始，不是我而是醫生、護士們。

後來才知道我共昏迷了三天。出院後自己洗澡時，發現左邊胸口上有一塊污漬總是洗不掉。有一天我終於跟母親提起這塊污漬，才知道在昏迷期間，醫生在我的心臟對上位置，割開

了一個一元硬幣大小的洞用來插管，想必是他在我的左頸旁及左面頰下放置物件或手部觸碰到我，並在我的左面上覆蓋手術布，才會令我聯想到被翻面皮。

02. 昏迷原因

　　我今年四十三歲。在二十歲時，某一天放工後下起傾盆大雨，那天我並沒有帶雨傘，就任性地在暴雨中漫步走向地鐵站。那時正是炎夏七月，地鐵內的冷氣十分強勁，衣衫單薄的我全身濕透，不禁打了數個顫抖。回家後雖然立刻洗熱水澡，但是晚上還是嚴重鼻塞感冒了。那時我心想自己一向身體健康，有七年之久未有患過任何疾病，況且那麼晚了，或許在睡眠時焗出一身汗，第二天或會痊癒……果然，睡醒後已沒有了鼻塞，就沒有理會，並跟朋友去街。幾天後突然發很奇怪的燒，日間是 100 度，半夜是 103 度至 104 度並且發冷，要蓋上三、四張被和輪流用兩個冰袋降溫。雖然每晚發高燒，但是在日間的時間裏，我還是精神爽利、毫無病態的跟朋友上街。直至兩星期後才入住私家醫院，因為醫生要我立刻入院檢查，這是第三位幫我看症的醫生。經過抽血、照肺一般檢查後，第二天，有一位年輕的心臟科醫生替我照超聲波。他一面照一面指著螢幕上的顏色給我解釋，結論是心瓣有被破壞的跡象，血液在心瓣倒流，而且驗血種菌有細菌，是過濾性病毒感染。甚麼？沒有可能吧？可能大家也是血氣方剛，聽著我一連串的否認及質疑，簡直是侮辱了他的專業資格，看著他面紅耳赤、激氣的樣子，我又怎會理會？

其實我根本不知道甚麼是病，因為從小都不用吃太多藥，步入診所就已經康復，更何況七年之久未有看過醫生？由於醫生說明要留院注射差不多五十天的抗生素殺菌，所費不菲，加上媽媽身在內地，初出茅廬工作的我沒有錢結賬，所以我主動提出轉往公立醫院。之後再打電話回家，媽媽居然自大陸回來了。一向勢不低頭、自我、任性、堅強、主觀、獨立的我，怎會反口覆舌改變轉院的決定？只記得在離開醫院前，護士給我插了黃豆及注射了盤尼西林針，醫生也叮囑我要立刻入公立醫院，當然我是當耳邊風。

　　轉院期間第一件事，是先回家洗一個舒舒服服的熱水澡，之後再回公司交代工作，才施施然、笑嘻嘻的步入公立醫院，這時已超出醫生叮囑限時的兩三小時！坐在沒有冷氣、多人共用的大房裏，與之前粉紅色、只有我一個人的冷氣病房是差天共地。嘴扁扁的我皺著眉頭一臉不滿意，媽媽安頓我之後，就跟我當時的男朋友一起離開。之後她們再買魚蛋粉回來給我吃就離開了，我獨自坐在床上，一邊咬著魚蛋，一邊閱讀早已預備的報紙。不久後看見大約十名醫生，圍著前方的病人診症，在他們經過我後數秒，我突然覺得身體有點異樣，感覺像是被抽離般與外間隔離。我於是趕快吞下那顆魚蛋躺下，就在這時，說是回家的媽媽又再回來（後來才知道是因為我遺留了一本書在車上），看見我面色不對就問：「你做咩？」最後我的說話是：「唔知！」跟著男朋友也回來，那時即使他們問我甚麼，我也只是眼睜睜的看著他們說不出話，繼而手腳開始不受控制的輕微拉直，眼淚不受控制的簌簌而下。他們於是去找醫生，三催四請下醫生才勉強的走來，坐下就問：「你叫咩名？」醫生得不到答覆就看著流淚的我，又再一次重複的發問，依然得

不到答覆，就沒好氣地說：「你再唔答我就走喇！」雖然說不出話，但我的意識仍是清醒及聽覺依然正常，心想如果我可以起身，一定打他兩拳，結果當然是我眼睜睜看著他的背影離去。忽然死亡的感覺籠罩著我，但是我並不害怕，只是問了自己：「有無嘢後悔？」、「有無嘢未做？」在回答自己「無！」後，就失去了意識。

03. 我中了風

那時醫生來為我抽血，這是他的惡夢，因為每次均要動用多人來按著我，才可以成功抽到一支血。在昏迷時，我覺得他們是在替我打「毒」針想殺死我，所以每一次抽血，我也是用盡全力擺動身體。最記得有一次（估計大約是昏迷醒後半個月），醫生召來三名大漢「服侍」我，他們死命的按著我，我就死命的擺動，時間一分一秒地過去，醫生也未能完成任務，就流著大汗叫其他大漢先行離去讓他獨自處理。當時醫院是沒有冷氣的，我也是渾身濕透、氣喘喘、縮在床邊看著他，他像生意失敗的模樣頹然坐在椅子上說：「唉！你明明都中咗風啦！都唔知點解仲咁大力，你乖啦！俾哥哥抽一支血，我應承你聽日唔嚟！」我用疑惑的眼神看著他，那時的我是又啞了，他不停的求我，終於我伸出友善的左手，他抽完血後滿心歡喜的走了，他的確很守信用，第二天真的沒來，但是第三天……不過我已沒有再跟他「打架」，因為發覺自己並不會死。

如果那位醫生在閱讀這本書，請容我說一聲抱歉！

他說我中了風？其實是右邊的身體及手腳無力不太能抬起來，即使勉強用力抬起手臂，也因為定不下來而搖來搖去、轉來轉去，但是我卻依然可以轉動身體，所以才能跟醫生搏鬥。可笑的是，我根本不知道自己中了風，也沒有人告訴我中了風，而我亦不知道甚麼是中風，還多次嘗試走下床去洗手間，所以我的床友常被嚇得大叫（其實我的腳只是碰到地下）。最後護士在我的床邊圍上欄杆，而我就在那窄窄的空隙，再嘗試走下床，最厲害的程度，也只是坐在床邊雙腳垂下，直至一個晚上，有一位護士長巡房，在她經過我的身邊時，我跪在床上像貓爪了她一下，她就大叫著一邊跑開一邊高叫：「佢癲咗呀！佢抓我呀！」從那天晚上起（昏迷醒後約大半個月），我就日夜被縛在床上動彈不得。

住了差不多一個月醫院，開始可以坐輪椅到樓下走走，真心不喜歡坐它的感覺，雖說有人推著向前走不用自己步行，但是看著他們說話，卻不知他們在說及笑甚麼，心裏有多難過！而我不獨是聽不到，也說不到啊！終於有一天，媽媽說醫生告知可以轉院，我是多麼的高興（之前時常哭著要走人），真想立即離開這「殺人」的地方。其實直到離院前一刻，我也是認為他們想殺死我，結果我又回到之前的私家醫院。我再次見到那位靚仔醫生，他叫我「吖」一聲給他檢查喉嚨，我就是這樣發出我的第一下聲音。之前在公立醫院怎樣檢查也是正常，就是找不出原因，還說要做言語治療呢！到了這熟悉的地方，我是打從心底的高興，也走下床去洗手間，不知怎的就是走不直，只可以扶著牆壁向前邁進。鄰床的婆婆也是一直的在叫護士。我有一次被護士捉回床上、一次撲向正進病房的靚仔醫生。及後就開始了物理治療療程，初級動作開始後不久，就被靚仔醫

生要求做高級動作，而舉起手腳的運動，常常由十分鐘增至三、四倍，直至我筋疲力盡為止，但是我永遠也是笑笑口不會發脾氣。

在我住進私家醫院的期間，發生了一次「痴線」事件——就是我跟來探病的姐姐的朋友說著不知甚麼口音的說話時，腦海突然閃現了另一個人的樣子，於是我跟腦海中的那人（或面前那人）說了一句話。四周各人卻大驚失色，並且狂呼我是痴了線，因為那句說話令大家十分尷尬。其實在說畢那句說話，我已看清了眼前人並不是我腦海中那人。由於那句說話真的很令人尷尬，我唯有繼續扮傻微笑，而這種情況也只是發生過一次。

其實我也是一個頗無知的人，甚麼也不懂，連中風、靈魂離體等也未曾聽過。後來才明白是過濾性病毒破壞心瓣及心房顫動，使血塊隨血沖上大腦造成阻塞，是缺血性中風而非爆血管。

特訓

出院後，步行仍是很慢、很慢，只是快烏龜少許。日日以龜速跟阿媽飲茶，在口齒不清下日日在家唱卡拉 OK。一個月後，我走四、五步大概是正常人的一步。出院後媽媽要求我寫 copy book，我常常因為寫不到似樣的字母發脾氣（比幼稚園生的字更核突），甚至鬧自殺。

那時在入院前申請了入讀文憑課程，出院後剛巧收到入學通知書，就決定上學一試。其實上學不是為了汲取知識，而是為了訓練自己的手腳活動、寫字及說話能力。第一天上學，媽媽反覆的說要陪我上學，也被我斷言拒絕。由九龍灣乘地鐵去九龍塘，到了地面再上天橋下天橋，繞過軍營就到校門，再步上五層樓梯就是課室。一般正常人由地鐵站出口，步行至校門需時十五至二十分鐘，而我第一天就用了大約一個半小時，還未計爬上五層樓梯的時間。其實學校設有電梯，但是為了訓練自己，我刻意走五層樓梯。由踏出家門起，沿路少不免被人投以奇異的目光，但是我也沒有理會，只專注自己的每一步，即使在放學時滾下地鐵站內的樓梯，也未有流下一滴眼淚。流下第一滴淚居然是在廁格內，因為穿不回那條有拉鏈的牛仔褲花了太多時間而被催促，外面傳來一次又一次的敲門聲。其實我比她們還著急。在廁格出來後看到長長的排隊人龍和鄙視的眼神時，我真的很傷心；第二滴淚是上打字堂，因為在中風前，一分鐘平均可以打四、五十個字母，全篇共錯七至八個字母。中風後，卻是一分鐘平均打二十個字母，全篇共錯了三十至四十個字母，怎不由得一向自傲的我哭了？我幾乎把那台舊式、手動轉行的打字機砸爛再掃下地，起身想離開課室又不給走，唯有坐著發脾氣哭。後來男朋友教我，忘記自己學過打字從頭學起，才真的沒有再哭過。

　　這個從頭開始的方法真的很好，日後每當我遇上困難想不通時，就不再執著繼續鑽牛角尖或思想打轉，而是把它推倒從新再來一次，由零開始尋找答案或線索。

第一天步行上學的時間實在是太長，總不成以後也是這樣，於是我決定將每天步行上學的時間，要比前一天早一分鐘。在這麼微小的目標下，如我所願，在一、兩個月後，我已經可以減至半小時之內抵達校園。後來再在雙足縛上各 5kg 重的沙包，來回地鐵站以鍛鍊腳力，每當脫下沙包後行走，便感到自己猶如在水上飄、懂得輕功，直至我能在十五至二十分鐘內抵達校園，就開始改搭電梯。那時我寫字的速度也越來越快，可以追到老師的速度，說話時的咬音也越來越清晰。本來已是自我，那時更加自我，如顧慮到別人的眼光及閑言，我又怎會進步得那麼神速？其實自從出院以來，腸胃已漸漸出現問題，因為每天吃過不停，而且吃極也不飽。那時在肉體上的改進及意志上的堅定，並不代表心智也跟著成熟，反而是退步了，而腸胃更是給我搞壞了。

十幾年後才知道，原來不練習上下樓梯，有機會造成日後腳掌在步行時成拖拉的模樣。

04. 抑鬱發作

在二十八歲時我結了婚。初期懷孕時，醫生及家人也反對我生子女，怕我生產後的健康狀況會變得很差。那時的我尚算十分健康，也沒有生病，我心想可能是我在昏迷中風時的樣子嚇怕家人吧？在生女前數個月，醫生已命令我住院。最後需要剖腹才誕下女兒，我跟她尚未見面，我就被推進深切治療部觀察。因為我的心臟在生產後半年開始發大，所以就做了開腔心

與鬼相煎

臟手術，這時女兒才十一個月大。數個月後，我逐漸感到身體力不從心，晚上也睡不著覺，加上每天跟丈夫吵架，情緒及精神亦開始出現問題〈請參閱「精神病還是鬼整？」一文〉。因為丈夫是一個不善於處理及控制自己情緒的人，所以我的情緒容易被牽引及波動。那時女兒一歲半，我自覺再難控制自己的情緒，所以安排了女兒在兩歲生日後的第二天上學，自己則在家「攤屍」休息。可惜身體情況不但沒有好轉，反而變得更差。我除了感到身體十分疲倦、行幾步要休息之外，也時常在街上情緒失控哭泣。但是每當面對女兒及親友時，卻要極力控制及冷靜自己的情緒。面對在家日日戰爭吵架，那時真的是身心疲累！記得有一次帶約四歲的女兒看西醫，情緒病剛好發作，我竟然哭著要求醫生賜予仙丹或毒藥，只求紓緩心理上及身體上的不適。結果在他的建議下，我隨後便步上了十多年的中醫調理生涯。

2015年

05. 4、14、44 的詛咒

自從懷上胎兒六、七個月起，我開始失眠，每晚呆望天花板胡思亂想；在誕下女兒後，失眠情況有點改善。但是不久後，失眠情況又再度惡化。一星期的睡眠時間少於二十小時，每晚必須要在午夜一時後才可以入睡，但卻於四時多起來前往洗手間，之後就是呆望到天光。對於我是甚麼時間起床，就取決於我看甚麼樣的鐘，如果我起床時看的是跳字鐘，那將會是 4:44 分；如果是指針鐘，那將會是四時二十分。無論我是三時或三時半醒來賴在床上忍著小便不起來，但是只要我起床前往洗手間及看鐘，必定是這兩個時間，晚晚如是。而平時日間看時間，也大多是顯示 44 分，甚至連坐車、坐船、吃飯枱號、禪修班號、儲物櫃號等，也都是 4、14、44 這三組數字。那時候的我，只想到是生理時鐘及習慣所致，並未有想得太深入，而這個情況一直維持到 2015 年 8 月。在 43 歲那年，有一晚看到 44 後，隨即看到 14，內心突然有個感覺自己在 44 歲時死，後來真的在 44 歲幾乎死掉。

06. 轉捩點

2015 年 3 月 12 日，我到佛教某寺禪七。雖然之前我曾間斷的自修佛學，也曾經前往一個佛教道場上佛學班，卻從未去過任何法會（作佛事及多人讀誦經的共修集會），更不知道禪七是甚麼。其實一直在佛學上學習到的，也是一些零碎的主題，

既不連貫也找不到佛教的脈絡，可以說是不明白佛教是甚麼。猶幸在 2014 年 9 月時，遇上某精舍的師父，她的講課令我在那些年間，所學到及自修的零碎主題完全貫通了，更使我對佛教產生更大的興趣及推動力。那次到寺院禪七前，我做了不少功課，發現前世的惡習（習慣），很多時在今世也會延續下去。雖然我未能確定自己前世所作惡業（行惡罪業），但我決定在那幾天寫下自己今世的惡業。

　　一早到達寺院，我被分配到雙人房間，正準備埋頭苦幹，忽然有一位比丘尼（女出家人）開門入來並顯得表情錯愕。原來是她跟另一位比丘尼，已在這房間住了數天，其他人不應該擁有這房間的鎖匙，應該是安排上的失當。最後我唯有離開，重新分配到二、三十人的大房間，隨其他師兄到房間放下行李。我被帶到一個從未到過，供奉一尊大約八尺高的石觀音菩薩像附近的房舍，於是我決定在祂面前回憶及寫下過往的惡業。第一天午齋後，我就坐在觀音菩薩像前寫懺悔錄，晚齋後才回去打坐，這本懺悔錄共寫了兩天才完成。第三天早上四、五時起床刷完牙後，經過觀音菩薩像禮拜問訊（向佛菩薩合十敬禮的一套動作）的時候，腦內忽然泛起一些不善的畫面，更恐佈的是，我控制不了自己的思想，內心很是驚恐，以及驚異於自己有這種想法，畢竟我還未完全睡醒啊！亦因此我決定下午離開寺院回家。

　　在佛教，不論男女的共修大眾，也統稱師兄，但亦有一個臺灣道場的香港分舍互稱師兄及師姐。

與鬼神同行

07. 冤親債主：「你休想！」

我懷疑自己的思想曾被影響及控制，慢慢地，我發覺自己每次見到觀音菩薩，也會在內心說一些咒罵的說話，但是見到地藏菩薩就心生歡喜，這更令我好奇。我開始在網上尋找一些關於佛菩薩等的資料，又再得知可能是受我在以往世得罪、虧欠的冤親債主所影響，於是我參加了某精舍所舉辦的清明法會。在早上法會時，我心內不斷祈求冤親債主離開我的身體。至下午法會時，正在我開口說話的同時，腦內忽然響起一把男聲說：「你休想！」三個字（絕對肯定不是我的用詞，我未有那般文雅及文字修養），那刻我真的崩潰，眼淚不斷流下，我洩氣地在心內說：「其實你比我已經很好了，你現在有我超度你，我造了那麼多惡業，死後一定直落地獄，又有誰會超度我？」

超度是指以佛法渡脫苦困和煩惱，令心得清淨以超生淨土或前往輪迴；佛法原本真正超度的對象是生者，令人聽聞佛法而超脫苦惱，達到身心自在無礙，只是後來很多人誤以為是為亡者而設，其實二者皆可。

那次之後，我確信自己身上有另一個它，那段時間我真的很勤力精進，日日上網找資料，每天頂禮（磕頭跪拜）《八十八佛大懺悔文》（共 108 拜）、念《心經》、念「往生咒」（全名是「拔一切業障根本得生淨土陀羅尼」，陀羅尼即咒）、讀懺悔文、抄寫經書等功德（使他人獲益令脫離苦惱而心得清淨的德行，如使人明白善惡、有因必有果等），統統也迴向（指

分享）給我身上的冤親債主。起初不論是在早上或晚上拜懺，總會聽到以往從未聽過樓下嬰兒的哭喊聲，哭聲大約維持了約兩星期，每次十至十五分鐘，總之就是一拜就哭，不拜不哭，也有兩、三次聽到敲木魚的聲音。想追尋聲音的來源，它就會消失，其後每當我禮拜《八十八大懺悔文》時，天空更會突然的放晴或由陰轉晴，那時在佛學上有任何疑問，也似在冥冥中有人幫助般立刻得到解答，而奇異之事也陸續有來。

其後才明白到初接觸佛學者，絕不適宜在家獨自讀誦經及拜懺，心理質素低及承受能力低的人更不適宜，因為讀誦某些經及拜懺容易引起身心異象，怕出事時不懂得處理及嚴重驚恐致病，相反，有法師在場可即時請教。

08. 靈異事件

（一）它叫我跳樓

十多年前某日趕著出門跟朋友會合，但是必須在離家前，收回晾曬在窗外的衣服，那時精神高度集中收衫，突然腦內有把男聲叫我：「跳落去啦！」當然我是沒有，並且立即關上窗花。

（二）它叫我的名字

2015 年初，有一個晚上睡至半夜，有一把男聲在我耳邊溫柔的叫我全名把我嚇醒。我認得那把男聲，它是在十幾年前一個晚上睡覺時，在左天花上空及右天花上空穿梭，輪流叫我

26

「喂」那把聲音。那時還被弄得頭部左右不停轉向，幾次後才驚覺是無形眾生（鬼魂、靈魂、鬼），於是不停心唸「阿彌陀佛」，幾聲後它才告消失。它溫柔的聲線很難讓人忘記，那次之後也曾搬了家。（它的聲音是真的溫柔悅耳，不是淒厲的叫聲，不要想多了）

（三）送走螞蟻

家中的洗手間於 2015 年初出現了一行螞蟻，我一直未有理會，數月後有一天我對牠們說：「螞蟻菩薩！螞蟻菩薩！你哋快啲離開我屋企啦！我驚我唔小心會傷害、殺死你哋呀！我啲貓貓見到你哋會食咗你哋呀！」如是者重複三次左右，第二天全部不見了。之後幾天，當我打開煲湯煲蓋見到幾隻螞蟻時，我同樣請牠們離開，十五分鐘後一些像初生極細小的螞蟻仍在煲底，由於我趕著煲湯，就把牠們給浸死，那晚有個男鬼在夢中找我。

（四）條魚為我而死

2015 年 5 月中，跟丈夫及女兒吃了一餐在數月前購買的團購燒烤及魚餐，當時的我已不太吃肉，誰知他們二人只吃燒烤，結果整條剛劏開的新鮮魚就只有我一個人吃。那天晚上睡著後，一位男鬼又在夢中找我。

（五）怪味的來源

2015 年中，有一晚睡至半夜，忽然被一陣味道弄醒。那種味道身上有時也有，但是那晚是在鼻前飄過。這味道也曾經在

我讀誦經時，在我面前飄過。所以當下即明白身上怪味的來源，那晚聞完怪味後，立即飄過一陣檀香味，我便沉沉睡去。

（六）惡口被抱

2015 年中，有一晚我背向房門側躺在床上看書，女兒進來說了幾句爸爸的壞話，我又惡口說了幾句，忽然有一團很熱的東西在背後抱著我，並把頭擱在我的頸上。我以為是女兒，十多秒後，女兒仍是沒有動作及說話，我就轉身望向她，只見她在我身後十呎遠的地方執拾東西，那剛才是誰？

（七）她向我道謝

2015 年中，有一晚睡至半夜，睡夢中有一位長髮女鬼向我道謝說：「多謝你呀！」說完就消失了，記得那段時間，居住大廈有一個女人從高處跳下，我每次經過她跳下的地方時，也會念七遍「往生咒」超度她，莫非是她？

（八）跳樓的男孩

2015 年中，有一晚讀誦完《地藏經》（請參閱《宗教及人生（下）》〈《地藏經》是孝經〉一文）後睡覺，睡至半夜，有一把男孩聲音在我耳邊說：「我係喺高處跳落去嘅男仔」，我當時立即醒了，之後又再沉沉睡去。

09. 鬼的神通

（一）他心通

鬼能知凡人心念；起初並不知道我所墮胎的嬰孩所受的痛苦，後來知道後萬分內疚，在「心裏」說願意分擔他們的痛苦，如是者大約說了三遍，原本不痛的左腳膝蓋，突然痛了起來，並維持了多個月（直至「神足通」的事件後才不再痛）。

（二）天耳通

鬼能聽到凡人說話；有一晚跟丈夫說，要拿他多年「沒有開光」的觀音菩薩像開光，原本不痛的心臟，忽然刺痛了起來。隨後想起有人說過，沒有開光的佛菩薩像容易給鬼霸去，於是我立刻在心裏說：「我講下啫！唔係一定開光嘅！你唔鍾意，咪唔開光囉！你繼續坐！」心口立時不痛。

（三）天眼通

鬼不會擁有真正的天眼通，天眼通是指能看見世間善惡、生死流轉輪迴的神通，但鬼能透視物件，所以被誤認為擁有天眼通。從 2015 年 4 月份起，每天晚上睡覺，我也播放佛教影片觀看，但是我只是聽聲音而不會觀看畫面，所以通常把手機反轉面向床褥。有一晚我開了一段影片，題目是：「應否把佛像開光？」忽然胃部脹似一個波，於是一邊按摩、一邊思索原因，終於想到可能是它們不喜歡這題目，於是立刻關掉影片睡覺。

十多秒後，空蕩蕩的床下木板「刷」一聲像有東西擦過，我唯有播放另一條影片給它們觀看及收聽。

（四）神足通

　　鬼能隨心隱沒、飛行、轉變、化身、穿越空間。能力比較大的鬼神，可以變現成任何「人」，包括佛、菩薩、神、親人、朋友等，令你難於分辨真偽，而陷入迷惘或自以為是代言人。有一天看見某電視台網站介紹可以替墮胎的嬰靈起法號皈依三寶（請參閱《宗教及人生（上）》〈三皈、五戒〉一文）成為佛弟子，但要祈請它們到臺灣聽經聞法，當我一念完祈請文後，原本手及腳的關節痛楚立刻全部消失，想是它們飛了去吧？！

（五）宿命通

　　只有極少數的鬼能有這種知道自己多生多世生活細節、身分的神通，根據一些擁有陰陽眼的人士目測，絕大部分的鬼也是懵懂、無聊、無目的地飄游或駐守某地。筆者認為大部分鬼都是無明愚癡（無智慧、愚昧、癡迷），它們只會記得死前一生中的部分細節，但隨著年月會全部忘記，除了怨仇之外。

　　以上五項神通，是人死後成為鬼魂就擁有的神通，但並不是擁有以上全部五項神通及均等的能力。有學者認為無形眾生只是一堆能量意識體，能量的高低造成各鬼能力的高與低，能量高的鬼（可以助人，亦可以害人），神通力量就多及大；能量低的鬼（既不懂、不會助人，亦不能害人，它們就是我們常遇到的鬼，亦是佔大部分的鬼類眾生），神通力量則少及小。

好鬼是有善心、會助人的善鬼；壞鬼則是擾亂人心智、會害人的惡鬼，西方稱惡鬼為邪靈、魔鬼、撒旦。

無形眾生的形態及模樣，只是生前或死時的樣子，但是有些鬼卻可以隨時變現他人的樣貌，如佛菩薩、神、本尊、親人、朋友等；有些具有「他心通」的無形眾生，是有能力竊取人類的所思所想，以至追溯到該人的心底秘密，如恐懼、憂慮、抑鬱、內疚、自責、失敗、羞恥、悲憤、自卑、狂妄自大等，以此加深該人的心底感受。亦可能鬼一直在身邊陪伴著長大，所以知道其過往命途，因此要以正面、積極、樂觀、歡喜的心態來面對人生及生活，不要給鬼有機可乘。除此以外，部分鬼亦能影響人類的心識，能傳送一些畫面到人類的大腦。一些貪欲重的鬼，就是喜愛附在貪欲重的人類身上；淫欲重的鬼，就喜愛附在淫欲重的人身上。因此生活檢點、少欲知足、身心健康的人是最安全和幸福的。

無形眾生不一定以恐怖、邪惡、嚇人、具威脅性的形象出現，使人感到驚慌、害怕及想擺脫，也有會令人覺得甜絲絲、溫馨、喜悅及歡樂的感覺。當遇上這個情況，反而是讓人最難分辨正邪及抽離。其實這時已經「著了魔」矣。因此有「佛來斬佛、魔來斬魔」的說法，即不要理會一切奇怪的聲音（即幻聽）及影像（即幻覺），也不用分辨其真偽及身分，只要知道出現就是，不用驚慌、執著、疑惑、好奇。有極少數人士，天生擁有陰陽眼，只要採取不理會、不搭訕、不回應、詐看不見、不驚慌、不思索，隨著日子有功、時間流逝，是會漸漸失去這個令人驚慌、迷亂的陰眼能力。

尚有一種神通叫「漏盡通」，但鬼沒有這種神通能力。（請參閱《身心靈》〈神通或無比智〉一文）

後記：希望不會造成有人立即棄置佛像，因為那鬼可能是閣下的祖先、父母或助你身體健康、幸運、避過災劫的好鬼，當然亦有可能是其他鬼，善待佛像就是。

10. 發露懺悔

發露懺悔是在多人及佛菩薩面前，揭露自己的過錯並發誓不會重複再犯。那時心想香港哪裏有這種道場，就忽然想起那次禪七時，遇到一位行路經過的老菩薩。她突然拉著我的手，要我一定到香港某協會念佛。其實我早已忘了，那時剛巧想起，就上網找它的地址，原來它就是有「發露懺悔」場地的道場，是緣？是菩薩化身？第一次去那寺院道場時，心中應承了我的冤親債主，會在隨後的星期六進行懺悔，結果因為我怯場而反悔。當晚家裏又鬧過不亦樂乎，我心裏像有一團猛火在燃燒不噴不快，後來我在緊隨的星期六開始發露懺悔。

那裏有一個繞佛場，場內播放著法師念的「阿彌陀佛」名號。但是我聽到的是「阿彌陀佛佛」兩聲「佛」字，正想著是音響的回音問題，直到下午終於進行了發露懺悔。再回去繞佛場繞佛，聽到的佛名號，卻變成只有一個「佛」字。之後我共懺悔了三次，分三星期進行，有邪淫篇、父母篇及殺生篇。後

來回想，想起第二個「佛」字，有時跟淨空法師唸的「阿彌陀佛」的聲音有點不同。

11. 第一部《梁皇寶懺》

（一）心臟被抓出來

2015 年 8 月中，去了某道場在尖沙咀街坊福利會啟建的《梁皇寶懺》（亦稱《慈悲道場懺法》，請參閱《宗教及人生（下）》〈《梁皇寶懺》的由來〉一文）法會，它是所有懺經中最長及最廣的一部，大約需要六天才讀誦完一部。法會自農曆七月一日起，一連六天舉行，之前一天是讀誦《地藏經》，所以共有七天。記得農曆六月二十八日午夜睡得正甜，忽然聽到一把女聲在我耳邊說：「你哋聽日唔好去呀！」當即醒了一下又再睡去，五時左右是真的醒了睡不著，忽然心臟狂跳，然後感到像是被人一手把它扯出來，放在兩胸之間的心口上。而左胸口的心跳被轉移到心口上的心臟，左胸的心跳沒有了。我不敢打開眼睛觀看，只是去感受那種跳動及恐懼，不久後又再睡去，醒來後我把這件事情也忘了。法會的第一天過程很順利，但是在第二天，我被一位師兄弄煩了，在離開時發了一點兒脾氣，結果隨後心口很痛。

（二）差點被扯往地獄

第三天有一位師兄介紹我認識一位尼姑，我突然想起之前

一晚女冤親債主的說話，之後我跟著尼姑去施甘露水（施予餓鬼道眾生喝的水），忽然一陣恐懼來襲，讓我想起了被扯心臟的事，也想起了在 1992 年二十歲時，在昏迷中風前約兩星期見到的紅衣女鬼（午夜在公園見她在我眼前五十呎左右面對我向橫飄過，我卻白痴地以為有人夜踩雪屐），可能全部也跟她有關。即是她已在我身邊潛伏了最少二十三年不作聲，我不禁哭著問她，為何不跟其他冤親債主一起放下解脫？究竟我跟她有何仇冤，她要這樣執著？還要叫其他冤親債主不要來？當然是沒有答覆，當晚心口痛至睡不著，忽然想起有人說過，念「阿彌陀佛」名號有幫助，我就抱著嘗試的心情試一試，結果幾聲後真的不痛，於是我很開心的睡去，忽然覺得有一隻手，把我的身體往下扯，嚇得我立即再念「阿彌陀佛」，但是卻被他或她越扯越下，我不得不大聲高叫「阿彌陀佛」，他或她才放手，而我的身體也向上升，人也立即清醒及被嚇得一身冷汗，之後再睡去直至天亮。其實我並不是在現實中大叫，而是在初睡恍如夢境中大叫。

穿著紅衣的鬼，並不代表其怨恨心極重及兇惡，只有是刻意穿著紅衣自殺者才是惡靈。

（三）怨咒聲

法會的第四天，在午齋後的休息，我一如以往坐在自己的拜墊上打坐。當時道場大約有二百人，那種嘈雜聲可想而知。不久就感到自己與四周環境融合為一體，四周嘈吵的聲音也消失，隨後更聽到會場上空有陣陣的怨咒聲，是很大的怨氣。雖

然很好奇，很想知道是從哪裏傳來，但是法會即將開始，無奈地也是要下座（起身）。

（四）她從心臟飛出來

第五天午齋後，看見台上有一位法師，就請教了一些事情，隨後下午起，幾天以來的呼吸困難及一直痛楚的心臟，竟然不再痛，也呼吸暢順，在下午讀誦《阿彌陀經》時，見到一個三呎左右高的白色身影，在我旁邊向前走去。

法會最後一天，早上到達道場時，心口已變回之前的痛楚及呼吸困難。當念至變食真言（將食物變多及鬼魂可食之物的咒語）時，心臟位置感到一個物體飛了出來，痛楚立時消失。剎那間腦內一片茫然、站著發呆了，而他人在伏下跪拜。因為對比的感覺，實在是太強烈，眼淚簌簌而下，我哭著心裏問：「為甚麼？為甚麼妳不放下？為甚麼妳要那樣執著？為何妳要弄得自己那樣可憐？」這也決定了我要多去參加法會，好讓她飽餐一頓。

（五）又被抱了

最後一天的晚上參加了另一個法會，在那裏認識了一位師兄，她教我佩戴「楞嚴咒」傍身。事後我請了一條項鍊式的，但不是給自己用，而是給女兒傍身的。因為我怕自己不知做了甚麼，令這位女冤親債主不高興，倒不是怕她傷害我，而是怕她不傷害我，反而傷害其他人。在法會途中，左小腿忽然被一團很熱，並且會移動的東西抱著，一直到法會的尾聲。

（六）痕癢紅印消失了

自從兩年前起，在面上及後頸項的髮際邊，均生了一個大約一毫子大小、非常痕癢的紅印。兩年來，我嘗試了多種藥物，也未能完全令它們消失，在禮拜完第一部《梁皇寶懺》後，突然發覺面上那塊紅印消失了，變回嫩嫩的皮膚。

12. 第三部《梁皇寶懺》

（一）為二道懺悔

2015 年 8 月底去了某道場，在第一天的法會上有點兒心情輕浮，結果即晚報夢說：「你唔夠專心！」好的，我由西邊的拜佛位置，轉去東邊角落位置拜佛及讀誦經，也不敢再笑及東張西望，夠集中了吧？不久後心口很痛，於是每一跪拜也為地獄道及餓鬼道眾生懺悔，也求佛甚麼甚麼的，祈求的內容如果符合它們的心意，心口就不痛，否則就繼續痛下去。祈求了大約數次不同的內容，真的再也想不到別的，我不禁在心裏問：「仲有乜嘢可以求呀？你哋教我喇！我唔識呀！仲有乜嘢可以幫到你哋呀？」腦內突然泛起某道場住持的樣子，我正疑惑地問：「佢可以幫到你哋咩？」就在這時，他由西邊的位置轉到東邊的位置來，就站在我的前面，而一直痛楚的心口又不痛了。我不禁失笑於它們的厲害，時間配合剛剛好。想了一天，根本不知道它們要怎樣，我又怎麼求法師呢？所以就不理了。

（二）幾乎被扼死

　　第三天晚上睡覺時，看到一篇有關施食（施予餓鬼食物）於餓鬼道眾生的文章，那位師兄進行施食時，所做的一切儀式，如出家人般認真及完整（燒「疏文」等同正式發文通知仙凡及惡道眾生），結果他變成跟餓鬼同體吃極也不飽。原本打算進行施食的我大打退堂鼓，心中說了一句：「我都係唔施食喇！」忽然喉嚨間有一團東西慢慢升上來，逼得我張開口讓它出來，但是我看不到它是甚麼，原本心口的痛楚及呼吸困難，也全部消失。我實在不敢高興，只說了句：「今次唔好拉我落地獄喎！」就立即睡著了，她真的沒有再拉我向下，只是扼著我的頸，令我叫不到也呼吸不到，更壓著我的身體像鬼壓床般，令我不能移動而已（這是第二次被鬼壓床，第一次發生鬼壓床之前數秒，見到一家幾口的鬼魂站在不遠處）。到了早上我不敢不向法師轉告鬼的要求，實際上是甚麼，我根本不知道，感覺像被玩了一場。

　　鬼壓床在西方醫學的解釋，是屬於睡眠癱瘓的症狀，患者在睡眠時處於半醒半睡的狀態，腦波則是在清醒的波幅，有些人會併有影像的幻覺，但全身肌肉張力降至最低，經驗類似「癱瘓」的狀態，全身動彈不得。

13. 誰叫狗狗的名？

　　拜完第三部《梁皇寶懺》，已覺得身體輕了不少，但是因為要帶它們去吃東西，於是今次去了某寺的《華嚴懺》法會。

其實我根本不知道《華嚴懺》是甚麼，農曆八月一日（2015 年 9 月中）是法會的第一天，一切事情正常沒有特別，但是不知怎的，第二天的氣氛令我覺得有點兒不妥，感覺是我在無意下，破壞了寺院的規矩。在寺院的大門口，有隻叫毛毛的金毛尋回犬，牠已病入膏肓。第三天到達寺院時，見牠奄奄一息躺在地上。午齋後我在寺院中散步，心底忽然有一把聲音叫：「毛毛！」於是我立刻轉身向牠步去。此時見到一位法師衝向大門口，毛毛剛死去不久，究竟是誰呼喚毛毛的名字來提醒我？下午法會開始後不久，本已情緒低落的我，感覺到氣氛更是不妥，令我的情緒更是低落，於是離開去了某道場。那裏有一尊手捧摩尼寶珠（水晶球）的白石雕釋迦牟尼佛像，它可以給我平靜、安慰、勇氣及力量。我跪在那兒很久，心中一直問：「我究竟做錯咗乜嘢打破人哋規矩？我可以做乜嘢？唔可以做乜嘢？我好劫！好想瞓覺！」茫然、沮喪、身心疲倦……一個月以來，每天猶如置身在夢中，天天新奇天天甘。

14. 鬼抓牆？

請（買）了一個「楞嚴咒」頸鏈給女兒，甫從銀包拿出來，就聽到一些奇怪的聲音，正在想著那些是甚麼聲音及從哪裏傳來，就聽到一把憤怒的「胡！胡！胡！」女聲在我耳邊響起，我就聯想到那些是指甲刮牆的聲音。又是我的女冤親債主給我惹怒了，我一笑後高聲說：「放心！唔係我用㗎！我係畀我個女用㗎！我欠你嘅，一定還番俾你，不過你都好清楚，當初傷害你嗰個，根本唔係而家呢個我，係前世嘅我。其實都係我，

你隨時可以攞我條命，但係你唔好傷害其他人，你搵我啦！我無所謂，你鍾意點都得。心臟痛我可以忍，我好忍得，唔怕痛，最緊要你開心，只要你願意放下執著，我以前已經傷害過你一次，你唔可以因為我再傷害自己多一次。你咁聰明，好好諗吓係唔係？不過唔好諗咁耐，因為如果我死咗，我哋就齊齊喺地獄受苦，到時就無人超度你喇！」

15. 第六部《梁皇寶懺》

（一）愛貓肥仔死了

2015 年 10 月中，我再次去到那家門前有隻金毛尋回犬（毛毛）的寺院（後來毛毛死了），繼續禮拜《梁皇寶懺》，拜至第三天，家中的愛貓肥仔病得很厲害（十年來牠每天嘔吐多次），當時我正身處法會中，於是便求觀音菩薩讓牠渡過這一關。法會一完結，我就飛奔到大門口離開。剛巧有一架小巴駛來，只剩下一個座位給我補上。回到家裏，肥仔病至沒法起來，並且出現氣喘。我撫摸著牠給牠念《心經》（請參閱《拆解宗教及人生（下）》〈《般若波羅蜜多心經》〉一文），念至尾段時，牠的呼吸回順再沒有氣喘，也很舒服的躺在地上。我因為忙著煮飯就暫時從牠身邊離開，轉過頭女兒告訴我肥仔又再氣喘，於是我索性把播放著「大悲咒」的手機，放在牠身邊讓牠聽著。之後牠再也沒有氣喘。不久後，丈夫帶牠到寵物醫院。獸醫告知丈夫肥仔患有糖尿病，半夜二時診所打來告訴我們，牠要打胰島素及有肺積水的情況。其實那晚一直有東西要弄醒我，但是我實在太疲倦起不來。

第二天一早醒來，耳背後的神經一直痛楚。到了寺院，我關上電話，直至十時多，忽然嗅到一陣陣貓味，心想哪裏來的貓？到了午齋後打開電話，就傳來肥仔的死訊，離開的時間是九時多。當下不可置信，在佛塔前哭崩了。是我要牠到診所，是我的錯誤決定，令肥仔死前受極大痛苦；是我的錯誤決定，令肥仔不可以在我懷中死去；是我的錯誤決定，令牠不可以見我最後一面；是我的忍耐力不夠，晚上被挑機所以不去探望肥仔，否則我應該會帶牠回家；是我為了讀誦經丟下牠，在牠死時我不可以為牠讀誦經、念佛；是我愚笨遲鈍，其實佛菩薩一早已為我安排好一切，是我錯了。

　　下午的法會即將開始，無論多痛多傷心，也要收心繼續下去。在拜佛期間，忽然想起早上嗅到的貓味，我又哭崩了，是肥仔來找我。內疚、自責、欣喜、安慰……百感交集，對其他人來說，肥仔只是寵物或家人，但對我來說，肥仔更是我的保護神。家中有四隻貓，就只有肥仔一隻貓見到無形眾生。牠晚上常伏在我的心口上睡覺。有時牠會碌大眼睛、樣子兇惡的踩在我心口上、望著我的頭頂上方，頭部左右來回慢慢地轉動。相信牠是朝著無形眾生移動，但是肥仔並不害怕，牠一直保護我。可能是肥仔實在太勇敢，無形眾生開始嚇肥仔，嚇得牠進房看一眼掉頭就逃跑，但牠依然要進來保護我，嚇完走了又回來。於是我叫它們不要嚇我的愛貓，也安撫肥仔說會保護牠，之後它們和牠就和平共處，像見到朋友般。

　　我的床頭上有一個放有很多毛公仔的透明櫃，內裏有一隻僵屍公仔，肥仔常伏在我心口上望著它，我就知道有無形眾生

與鬼相應下

附身在公仔上。有次我搬傢俬丟了這隻公仔，數天後才想起它被附了身而自責。某天睡著後，矇矓間有位男冤親債主說：「唔緊要！」這樣我才釋懷。

在晚上的法會期間，忽然覺得有一個看不見的無形物體在我的腳邊磨擦，感覺就像以前肥仔在我的腳邊磨擦一樣，立時內心湧出一陣喜悅，是肥仔吧？

（二）遊魂野鬼飛進我身體

最後法會完結，離開時，見到對面有一尊很大的觀音菩薩像「正在維修」，於是在路邊向祂禮拜問訊，立時全身毛孔由頭頂到腳尖全部打開，看到很多影像飛入我的身體內，就像有很多蜜蜂，在四方八面飛入來我這個蜂巢內。記得之前兩星期，我也在同一位置向觀音菩薩禮拜問訊，但是那次並沒有任何感覺，而那時的觀音像「並未開始維修」。之後我去吃下午茶，也感覺到它們的存在，到底它們飛來幹嗎？超度它們？如果我可以幫到它們，我倒是不介意的。

後來部分遊魂野鬼聲稱看見我額上有一點很強很強的光，並且謊稱是觀音菩薩准許它們飛入我的身體內。

兩天後，我到某道場參加早晚兩場法會，也給這班遊魂野鬼寫了超薦牌位超度它們。幾天後，我去了某道場幫人助念（即是替認識或不認識的亡者誦經、念佛），忽然感到有靈體碰觸了我的身體，不禁說了一句：「又關我事？」之後不理會它，

它卻又再碰觸，雖然我看不到它，但是我可以感覺到它的存在，於是就跟它說一下因果及引導它念佛淨心，之後它就安靜下來，直至它的一位男親友進來參加法會。

16. 紅衣女鬼走了？

以前切洋蔥不會流淚，即使看到悲慘的天災人禍也毫無感覺，一直以為自己是冷血動物。直到 2015 年農曆年初，向觀音菩薩懺悔後，淚腺像被打通了，切洋蔥會流淚，聽到一些天災人禍的新聞時，也動了惻隱之心，感情變得豐富了。當知道心裏住有一位既厲害又聰明，同時又可憐萬分的女冤親債主時，縱使它嚇了我不少，但是卻完全沒有一絲討厭它。相反地，我頗喜歡它，因為起碼我還在世呢！有時甚至覺得我跟它是連在一塊，因為我已習慣了心口的痛楚，也懂得怎樣跟痛楚相處。畢竟二十多年了，痛楚（指在這幾個月）有時讓我感覺到它的存在。但是當禮拜完第三部《梁皇寶懺》時，我整個人也輕鬆了不少，心口日夜的痛楚也消失了，我開始想念它，我問：「你去咗邊呀？你諗通走咗喇？」一晚沒有反應，兩晚沒有反應，我是替它的放下而真心高興，但是我真的想念它，二十多年來，我從沒有因為心口的痛楚而發脾氣，相反越痛我越要笑多點及放鬆心情來面對，可能就是我這種傻傻的性格，有時我覺得我的冤親債主，對我已經是很好。自從知道它們的存在以來，我就時常叫它們乖乖的聽經，了解多點佛理、善惡、因果（緣來、因由及結果、後果）等，要放下執著及怨恨的心，專心一致的跟我念佛及懺悔，而我也把我念佛及誦經的功德迴向給它們，

希望它們早點離苦得樂，轉生善道或往生西方極樂世界。或許這就是它們善待我的原因，因為我相信無論多惡多壞的人或鬼魂，它的本性一定是善良，只是它尚未明白及認識到自己的本性，需要一點引導和輔助而已。其實我覺得鬼比人容易教導，起碼它們不會駁嘴，可能是在我身上的冤親債主比較乖及善良吧！

後記：後來發現它只是被一位比它更兇惡、法力更高、更聰明的靈體，嚇得躲藏起來不敢作聲及不再弄痛我的心臟而已。因為之後它在 2016 年 3 月，由我心臟斜飛出來再飛走，在它離開我的身體時，在上空還對我說了聲「對唔住！」。由於它飛出來時，我感覺心臟像被扯去一些東西，因而心口痛了一整天。

17. 第七部《梁皇寶懺》

（一）揸爆我心臟

2015 年 11 月初，我去了某寺啟建的水陸法會，第二天正式開始禮拜《梁皇寶懺》。一直也是相安無事，後來去貼有很多亡者牌位的地方誦經就出事了。因為我感到它們又在我身旁附近，於是我閉上眼睛想了一下因果及冤冤相報。忽然我的心臟痛得似被人用手揸壓，我發悔氣地說：「事實就係咁！你揸爆我心臟都無用㗎！」痛楚才一下子減輕，再張開眼睛時，就覺得氣氛有點兒不妥。因為我對面站有一大班在誦經的法師，有些好像看到我有異樣，究竟是甚麼？我也很想知道。

（二）咁多人死唔見你死

第三天午齋後，去了觀看寺院的觀音池，那裏有一尊大觀音菩薩像及很多蝴蝶在追逐。在回程的路上，聽到其他師兄說觀音菩薩在天上顯靈，但是我就是看不到，因為看錯了方向。而在我拜佛的位置對面，寫有四個字「普度眾生」。我望著它想了很久，觀世音菩薩面對苦難的人會救度，鬼道眾生也會救度，假若是惡鬼的話，當然亦會救度，但是若然它們找上我，怎麼辦？結果是真的找上我，晚上放學乘巴士回家時，腦內忽然響起：「咁多人死唔見你死！」（比起其後找上我的麻煩鬼，它只是小菜一碟），雖然這句是我以前抑鬱時常說的一句話，但是在那個時候，是絕對不應該出現這句說話的。

（三）三度被抱

第四天法會開始不久，突然覺得很熱，雖說那個地方沒有冷氣提供，熱是正常的生理反應，但是那種熱度是有點不一樣。在我數呎面前的上方有一把大風扇，每當它吹向我時，也帶不走我身前的熱力，所以我肯定又被抱了。午齋後拜懺時，我想著它那麼熱，不如就求佛給它點清涼吧！祈求完畢，耳內「刷」一聲響，令我聽到的聲音立時變得更清晰，而它也不再熱力四散。之後我感覺到它踏著我剛跪下的腳走了，我不知道它去了哪裏，但是我的身體立時像輕了十磅，就是那麼短短的一句說話，令它走了及清涼點。其實我比它更高興，因為這是第一次，讓我真真實實的感到自己幫助到它們。

（四）手震震上香

　　第五天早上到達會場時，有位師兄送給我一個上香的佛牌，而上香的位置兩旁各有多位法師。我真的不太喜歡這麼多人面向自己的感覺。之前由於我太匆忙跑上樓梯，導致心臟狂跳和手震仍未平息，而且還在冒汗，所以在上香時，弄跌了另一位師兄的香，真的萬分抱歉！其實我真的想打坐一下，以平復心跳及手震。身處那個環境當然是不可以跑走，手震加上血液翻來覆去，唯有一邊跪拜，一邊平復自己的心跳，一邊祈求甚麼甚麼的，真的有點兒怕自己倒下，有人留意到我這醜態嗎？

（五）觀音菩薩現身

　　午齋後師兄們堆在一起向天拍照，說是見到觀音菩薩及眾佛在天上高速飛過。我又再一次錯過機會，算了！心中有佛菩薩已足夠，機緣未到而已，或許下次見到觀音菩薩是在自己斷氣後，祂來接我走而免我下地獄受苦呢？下午時，覺得氣氛有點兒不妥，難道我又在無意中破壞了別人的規矩？究竟我又做錯了甚麼？

（六）告別

　　第六天早上拜懺小休時，又有師兄見到觀音池內的菩薩像，另有一個合掌的觀音菩薩。可惜那時我在另一邊也是看不到，認命！下午拜懺時，耳邊忽然響起一把男聲，可惜由於音響太大聲聽不到它說甚麼，環顧四周也是女眾，哪來的男人？後來到了為亡者誦經的牌位區，我真的是身心俱疲，連笑也笑不出來，頭也幾乎抬不起來，氣亦不足，只好決定不再來了，當打

開眼睛時，發現法師們好像又看到我那邊有異樣，其實他們在我的頭頂上或身上看到甚麼呢？真的很想問一下。

身心太疲累，我的脾氣便容易跑出來，也因為黑口黑面容易得罪人，所以就決定不再拜下去。回到家裏還是沒有人，當洗完澡後打開浴門時，就聽到男子吹口哨的聲音，忍不住罵了一句：「鹹濕鬼！」並且立即關上洗手間木門（由於我的心臟問題，習慣不關上木門洗澡，只關上浴門），可能就是因為那句說話，在進入睡房後，它在我耳邊「嗄」一聲想嚇我，卻被我命令它離開睡房，著它不要阻礙我睡覺，究竟它是誰？

18. 「大悲咒」是止痛藥

有一天一早起來，由中午時分起，兩邊胸口持續十分痛楚，想著我是應該忍受及接受的，這時心口卻減輕疼痛至不再痛。但是在傍晚時分，卻換成了頭痛及渴睡，我只好一邊聽著「大悲咒」（請參閱《宗教及人生（下）》〈千手千眼無礙大悲心陀羅尼〉一文）一邊睡覺，頭痛也就慢慢地消失，並且入睡。「大悲咒」真的是很好的止痛藥。其實我不懂得背誦它，通常我只是專心地聽每一個音，它們就像印在我的腦內及在盤旋，心口的痛楚也就慢慢地消失。很多時在法會裏，實有賴各位法師的咬字清晰、不間斷及整齊，令我減去不少痛楚。

之後幾天去了某道場放生，之前是要進行一連串的儀軌（禮法的規矩、流程）及誦經，可能是由於跪拜太頻密及急促，血

液翻來覆去的，差點沒有暈倒，卻換來心臟狂跳及痛楚。其實不算是十分痛楚了，可能是由於在禮拜第三部《梁皇寶懺》後，心口已沒有太痛的關係，才顯得特別不適，平時我根本不當一回事，但是劇跳這問題，真的忍不了。有一次在另一間寺院道場，由於跪拜時起落太快，心臟狂跳不止，差點兒連氣也換不過來，幾乎造成窒息。一小時後仍是狂跳不止，隨後打坐十五分鐘，心跳才回復正常。

其實第一次在這道場放生時，也幾乎令我的肺炸開，今次只是幾樣一起來而已（狂跳、痛楚及肺炸開）。於是我當試打坐來減慢心跳，差不多一個小時過去，心臟仍在那兒急促跳動，於是我再加一個口罩來阻隔空氣中的塵埃，仍是不湊效。突然想起「大悲咒」或許可以幫到我，當掛起耳機聽第二句時，狂跳立即停止，痛楚也減輕。之後乘車回家時，卻變成心口的刺痛，後來突然又不再痛，但是也只維持了十幾分鐘，之後又再痛。晚上上課打坐時，我痛至趴在地上，回到家就直接躺在床上睡死了。

19. 病了！

（一）無助的夢

2015 年 11 月底，我去了某道場讀誦《楞嚴經》，上午時心口十分脹痛，但是突然間不再痛，就當有人為我祈福吧！當然我亦不可以那麼自私，我亦希望所有心口痛楚的人，可以減

輕痛楚或不再痛，其後一直相安無事。當晚入睡後，卻於午夜二時多醒來，之後再也睡不著，不停地胡思亂想。這時心臟突然刺痛、小腿毛孔逐漸打開。即使蓋上兩張被有足夠保暖。接著是大腿的毛孔準備打開，當下知道又是惹來鬼魂，就在心裏說：「你係邊個？聽日跟我去道場，我而家要瞓覺。」說罷，心口立即不痛，小腿亦回復正常，但隨後卻怎麼也睡不著。反正是那樣，就在心內說說佛理，說完也是睡不著，就問它們一些問題……它們哪會回答？是我太無聊，真真假假、是是非非、對對錯錯、得得失失，也是一樣的過日子，執著只是徒添煩惱。一直玩到差不多天亮我才睡去。伴隨的卻是一個惡夢，內容大約是我外出回家，家裏的大門全被打開，我十分害怕不敢入內，按鄰居的門鐘也沒有人回應，正當叫天不應，叫地不聞之際，我驚醒了。夢！有時反映人的內心世界，也是潛意識的浮現，是的，是很無助，但不是這幾個月的事，冤親債主及其他無形眾生的事，我可以處理，無助的是在這十多年間，沒人理解、聆聽那份無奈和委屈，並且差不多日日吵架的疲倦感。

（二）真的病了

第二天，承接著早幾日放生後的不適，體力仍未恢復，人很匏無力。前一天發了一天微燒，更延續到今天。原本想缺席，但是想到昨晚應承了鬼魂，結果還是去了。其實我可以做的都做了，餘下的只有靠它自己。我左邊身的每一個毛孔，像散發千個「匏」字；右邊身的毛孔，像散發千個「病」字。到了晚上，有另一個法會舉行，我已刻意躲得遠遠，卻偏偏遇上一把風扇，吹得我頭痛兼心痛，唯有回家睡覺去。但整天的氣氛有點兒不妥，難道我又做錯甚麼了？有人可以告訴我嗎？很匏了……是

時候要大修，也要重新調整我的生活，只覺得現在跟著我的鬼魂，不是之前我的冤親債主，究竟是誰？

第三天亦是最後一天，早上起來小腿背後有點刺痛，是因為壓著熱水袋睡著了，並且整晚未有移動，小腿紅了一大片及生了一個大水泡。整個早上，人好像沒有溫度般，很冷很冰，後來站在太陽下猛曬，才感覺自己回到人間。下午開始頭痛、心痛、關節痛，讀誦經時有隻小螞蟻在我的經書上徘徊，第一次我帶牠到遠處，突然地又出現在我的經書上，想找牠時卻又不見了，實在不知牠的生與死，但是很大機會在我合上經書時，把牠給壓死了，因為即晚在夢中，有位男鬼魂來找我，而且絕對不是之前時常找我的那位男冤親債主。

20. 救命拜法

（一）救命經咒

2015 年 12 月底，去了某寺院啟建的水陸法會，它是佛教中最大型的一個法會，集消災、普度眾生、上供天人、下施惡道諸多殊勝功德，總共設有一個內壇及七個外壇，每一個壇場讀誦不同的佛經。原本打算轉讀誦另一部經書，可惜之前病了大半個月，也停止了所有的拜佛及讀誦經。每天渾渾噩噩、游手好閑的過日子。所以今次再禮拜《梁皇寶懺》（此懺經共有二千多拜），每天跪拜時，心口像要爆開般，亦頂著氣管呼吸困難。但是我還可以一天接一天的拜下去，全靠法師們每天最後念誦的《阿彌陀經》及「大悲咒」，才找回一點點血氣。

（二）保命拜法

　　我在跪拜的時候，也照舊行大悲禮（一種發自內心為他人禮拜的禮法）。之前在其他道場的跪拜，我均是用右手支撐身體站起來。由於今次場地拜懺位置的空間比較狹窄，我不能用手支撐身體站起來，只能用大腿肌肉的力量站直。因此在最後的一百跪拜，大腿肌肉痛得幾乎令我站不起來，亦跪不下去，但是也要忍痛繼續下去。站起來時的動作亦要緩慢，不可以令血液有大翻滾，更不可以一邊說話一邊跪拜。誦法就改用小聲念讀或心念，因為這兩種念法可以減少用氣及用力，避免拉扯心臟附近的肌肉。我亦嘗試改用丹田讀誦，令吐氣長一點及不傷喉嚨，一切只為好好地保護心臟及保命。

（三）晚節不保

　　這七天以來一直相安無事，沒有惹上任何鬼魂，卻保不了最後一天。那天一早被安排到觀音殿拜佛，也只有這殿給柔和的陽光照著，觀音菩薩也給照得金光閃閃。不久後，感到有鬼魂從我的腳板底上來，但是我沒有理會，只是專心禮佛。午齋後，左手臂關節開始痛楚，是早上的鬼魂吧？所以在念誦《阿彌陀經》時，我特別用「心」，突然耳內「刷」一聲響，手臂關節立即不再痛，是它走了！不知道它是到哪？總之它是走了。

21. 疾病

經過這幾個月以來肉體上的磨煉，我對病痛有了新的認知——一直以為身體是因為受到風寒、細菌感染、機能衰退、受傷、勞損等影響，才會引致疾病或疼痛，原來不止這些，可以是鬼魂帶給我們的。其實我們身上或多或少有冤親債主或鬼魂在纏擾（沒有就最幸福，我相信這類人身體健康、少病少痛、無風無浪度過一生，死時亦會十分安詳），只是我們看不到而已。平白無事它們不會影響我們，但每當我們造作身、口、意三業（請參閱《宗教及人生（上）》〈三業〉一文時），它們就有機會來騷擾我們，甚至進行報復。

有一次，我跑上大約一百級樓梯趕去某道場，當時心跳加速、汗流浹背、心臟痛楚，我的心臟曾做過開腔手術，會心口痛是正常的現象（心臟是不會痛的，包圍它的神經或肌肉疼痛，才會令心口感到痛楚）。我對心口痛亦不以為意，因為我已習慣了。後來在法會中，我為地獄道眾生及餓鬼道眾生懺悔，求佛甚麼甚麼的，語畢心口立刻不再痛，真的令我有點迷惑，難道沒有好好地保養身體，它們也要找這個藉口來弄痛我們？到底它們是想報復我們，還是羨慕、妒忌我們得到人身呢？的而且確，我們比它們是幸福的，起碼我們有時間及機會學佛。

現今世界越來越多古怪難治癒的疾病，一方面是由於我們自作自受，種惡因得惡果（包括多吃垃圾食物、三脂高、基因食物及少運動多歎冷氣等，也有製造各類環境污染致最後自食

其果），也不排除是冤親債主們弄出來的，累世我們實在作了不少惡業。單單只是食物方面，就殺了不少家禽海產，內裏不排除有幾隻報復心特強的無形眾生，誓要以牙還牙，令你精神和健康也欠佳，甚至令你生腫瘤，或產生幻覺精神錯亂。嚴重的令你自殺，由於它們很多時候，也是藉著一些小事或小病來騷擾我們，因此我們才不易察覺及認為只是巧合。在這幾個月內，我已見識過它們的厲害，它們曾在我的體內飛出、吐出，我真的不敢否定它們，唯一自保的方法，就是不再作惡、積德修福，努力精進修行（修正自己的言行、意識品格提高、增長智慧）。

22. 障礙

聽聞有些師兄在他們初入佛門，每次準備去聽講課或拜佛時，總是有很多很巧合的意外或藉口，讓他們決定不進入佛殿，甚至認為自己與佛無緣，所以就放棄不再去認識佛教。其實事實是剛剛相反，是你的冤親債主不想你去學佛，所以總是很巧合地令你不可以或不想去。因為如果你學習了佛理，明白了世間善惡因果，也修正了自己的言行不再貪（貪欲）瞋（瞋恚，怨怒等負面情緒）癡（愚癡）（請參閱《宗教及人生（上）》〈十不善業〉一文），冤親債主們怎麼可以報仇？對於它們來說，原本有心學佛的你，不再去拜佛是好事，到處得罪人及造惡業更是美事，與他人疏離更是頂呱呱，貪瞋癡重的人更正，因為它們不愁找不到機會報仇。

有一次去法會，離開前聽到一位媽媽責備她十歲的女兒，因為她的女兒磕了幾個頭就大喊疲倦，而五、六十歲的婆婆卻未有喊疲倦，其實我當時很想告訴她的媽媽，她的女兒那樣容易疲倦，是因為她的業障太重，也即是說她身上的冤親債主太多，十歲的女孩可以造作甚麼樣的惡業？那肯定是累世未還的惡業，所以媽媽責備她，也是於事無補。又或是女兒的身體太濕（中醫名詞，指體內形成的一種濕氣，使代謝循環不順暢，致身體很重及極疲倦。（請參閱《身心靈》之身體篇）

知道我這叫做甚麼嗎？叫「架倆」，通常做這「架倆」，也會死得很慘，阻人發達及阻人報仇的，也會被無辜傷及，或被轉移目標。我只是一個皈依了三寶（佛、法、僧）的佛弟子，皈是回頭，依是依靠、信賴的意思。佛說我們眾生皆是佛（即覺者），人人皆有佛性（即有能覺醒、覺悟的心），只是受到世間的風氣所污染，產生妄想、顛倒、執著、分別等習氣，因此我們要回頭信賴佛陀，也相信自己本有的佛性，依靠佛陀、佛法及不為利、真正弘揚佛法的僧侶。有一種看似是障礙的障礙，其實是考驗，冤親債主是要考驗你是否真心修行，總有機會製造很多麻煩給你，還要是一波未平一波又起，或是幾件麻煩事情一起來夾攻你，誓要打擾你的情緒及計劃，令你放棄修行來考驗你的心，所以我們要認清楚。

23. 祖先的殺業

　　我的外公及祖父均是以捕魚為生，當然造作了不少殺生行為，亦種下很多惡業。外公在我很小的時候生癌去世，祖父則在我二十歲昏迷中風時，差不多時間去世。記得當時是在發燒中，以前不明白為何外公那邊的兒女多生癌症而死（四位年長的子女均生癌而死，在西方醫學上，四人均帶了癌症的基因），直至入了佛門，方才明白了一點，是外公那麼早就去世，他的冤親債主可以找誰報仇去？就是他的子女，所以媽媽那邊的兄弟姐妹也多遭厄難。曾經聽聞有冤親債主，誓要使仇人的子女墮落來報復，有些喜歡賴天、賴地、賴社會、賴父母、賴祖宗、「姓賴」的子女，當然不會放過這個機會，將自己所有的不幸及責任推到祖先和父母的身上。但是他們錯了，是子女本身帶有很多罪業，才會進入那個胎做那個家庭的子女，即是子女自己前世也種下很多惡業，所以問題最終都是始於自己。有些在前世已帶有很多罪業的人，圍繞在他身邊的親朋戚友，也許同是帶有很多罪業的人（有的相同，有些則不），正所謂物以類聚，當然也有例外，就是來報恩及還債的，那就視乎你前世結了甚麼善緣，積了甚麼福。

　　由出生起，或許我們的命運一早已被決定及安排，但是這並不代表我們不可以改變它（請參閱《宗教及人生（上）》〈改造命運書《了凡四訓》〉一文），只要我們少作邪念及行惡，也多多懺悔及改過修正自身，並且常存善念、多行善事及多結善緣，福報就會不斷增加。這麼便可以改變自身的命運，因為邪念及行惡都會令福報減少。若再加上造作惡行及四處結惡緣，

那我們累世的惡業，就很容易開花結惡果，那時你的命運就真的跟著走，而你的冤親債主，也很容易搵機會找上你，造成你在健康、家庭、命運、事業、人際等各方面的不暢順及逆境。如在當世又再造作種種惡業，於是惡業的種子永存第八識中（請參閱《拆解宗教及人生（上）〈五蘊熾盛苦〉一文），而且不斷累積，下世輪迴轉生做人時，帶著那些惡業，又再重複模式。不過，我們也不是一定有福份於來世轉生為人，可能轉生到畜生道被打、被殺，或餓鬼道及地獄道受報。

24. 我是誰？I

曾經有一段時間，我真的很怕自己，不知道自己是人、是魔？別人常說的鬼魂附體致性情突變等，我並沒有啊！我時常給鬼魂進入我的身體，或在附近游走，但是我並沒有感到不適或被影響，是我的命太硬？性格太強？正氣太盛？還是一直有佛菩薩眷顧、保護著我？因為死亡對我來說並不陌生，冤親債主若要弄死我的話，也有很多次機會，但是每次我都逢凶化吉啊！

其實從小至大，一直有兩股相對的正邪力量在心內，所以有時會覺得自己是魔頭令人生厭，有時又覺得自己是天使令人生喜，可能就是儲存在第八識的善惡種子作祟，產生行惡的念頭致令人討厭，也因為累世所積的善與福，令我遇上這佛緣及眾多善知識（對事物有正確認知及見解，能引領他人斷惡修善的人），感恩多方的照顧及啟蒙；在我身上發生的很多事情也

如幻似真,有些事情是可以看到、聽到、摸到,有些事情則只有我自己才感覺得到。對於一直事事講憑科學證據的人,真的很難相信及了解。除此以外,也感到業力的可怕,受報的程度,遠遠超乎我們可以想像的範圍,一切都不是佛菩薩給我們的懲罰,而是我們自己親手種下的惡種子,日益茁壯長大而結的惡果。

佛菩薩沒有掌管天下、賞罰善惡的神力,祂們是由人而成,也有生老病死的人生歷程,亦必須經過修心修德的階段才能成為聖者。

其實說到底,我也只是一個極平凡的家庭主婦,比起很多女強人、才女、師兄,我是要靠邊站,能力不夠人強、智慧不比人高、不懂得謙卑及恭敬,更不懂得感恩及欣賞他人。我慢(驕慢)心大、不孝順、不懂得照顧別人、我行我素、懈怠(懶惰散漫)等,實在數之不盡。我的可取之處,就是我沒有野心、無慾無求、人事皆不喜計算,無論順、逆境也坦然接受,亦樂於自處,也會自省、懂得轉念(轉變心態及看法的角度)及換位思考(將自己代入對方的境況立場、設身處地體會他的感受),其實懂得反省、換位思考、將心比心是很重要的,可更了解自己、他人及一切事物。

2016年

25. 新一年更怪異

踏入 2016 新一年，並沒有為我帶來好運與幸福，更沒有帶來新的開始，相反比前半年更是奇怪，總覺得身體內有一個「它」在玩弄我，令我變得有點兒神經質。幾天後中午在家中打坐靜心的時候，我聽到身後上空一把怨咒聲。大約兩、三秒後我張開眼睛，那聲音亦跟著停止，它為何要這樣玩我？它是誰？我跟它有何因緣？之前半年發生的所有事情，也未有影響我的情緒，但是今次這個它是非常影響我的日常生活。

觀音菩薩照著我

之後過了幾天，我去了某念佛堂的《大悲懺》法會。那日天空有點陰暗沒有陽光，午齋後，身體仍是很冰冷，我站在一尊位於室外的觀音菩薩像的右邊，合十念「六字大明咒」（請參閱《佛教脈絡》〈「六字大明咒」〉一文）。不久後，天空逐漸變得晴朗，突然感到有兩道溫暖的太陽光線照射著我，一道射向我的左頸項，一道射向我的左邊身體，頓覺身體很溫暖。打開眼睛觀看，卻看不到前方有任何陽光，天空只是晴朗而已。那兩道陽光光線，是由我左邊的觀音菩薩像方向照射過來的，是菩薩照著我，所以一整天，我也是甜絲絲地傻笑。

下午經過某道場向佛祖禮拜，也順道參加晚上的法會，但是無奈要早退。因為從舊年 12 月底起，腦內一直有很多怪畫面，之後年頭就出現這個它，它不獨干擾我，也使我舊有的壞習氣及想法全翻出來。那晚我是控制不了自己的內心及腦內，因為

不斷湧現的想法和幻覺而早退。那種擾攘的程度讓我覺得不像平日的自己，令一向冷靜、淡定的我也坐立不安，這個它真的令我很煩惱，所以我決定離開，離開後一切妄念及幻覺息滅。

26. 佛七

（一）心安定了

　　2016 年 1 月 11 日，去了某寺啟建的彌陀佛七，即七天也是念「南無阿彌陀佛」的名號。我整天也是用心念、用耳朵聽，這樣意念會比較集中，也省回不少氣力。因為用氣就會扯動心臟附近的肌肉，不過即使不動氣，也已是一陣痛、一陣不痛，我唯有細緻地感受它的變化。經過一個早上的繞佛及打坐念佛名號後，心終於定下來，感覺像是到了另一個世界。這個世界沒有了心跳及呼吸，也沒有任何雜念及干擾，心裏十分清淨。下午繼續念佛名號，耳朵聽著法師們念佛名號，心裏自然地跟著念，只覺得一陣陣喜悅充滿全身，並且自然地流露在臉上。

（二）意念跑走

　　可惜那種「輕安」的感覺維持不到第二天，因為帶領我們念佛名號的法師喉嚨沙啞，有些音跑走了發不出來，而我的意念也跟著跑走，去了「請法師吃喉糖、做法師也挺辛苦等」。其後更帶來它的干擾，人也變得煩躁，最終我的心定不下來，到了下午施食餓鬼時，感到有物體從我的心臟飛走。不久後，它從我的腳板底進入我的身體，當法會完結後離開。我向寺院

與鬼相應下

對面、維修中的觀音菩薩像禮拜問訊，感覺亦有少許遊魂野鬼進入我的身體。在晚上打坐的時候，起初是它在干擾我，心平定後，就感到下午的遊魂野鬼像被抽走般。它們由小腿進入我的身體，心平定後就由小腿被抽走，不知道它們去了哪裏，但是顯然那不是我的力量，我未有那種能力，雖然不知道是誰的幫助，但是也很感謝及感恩！

「身輕安」能使身體舒適、暢順、輕飄飄，恍如身處無重狀態；「心輕安」使心輕鬆、安穩、喜悅、精神集中。

（三）高人相助

經過兩天的反反覆覆，佛七的第三天我並沒有出席，因為想留在家中調整自己的心態後再重新出發。下午時份調整完自己的心態後不久，我坐在電腦面前工作，忽然覺得有一股力量硬給我的心定下來。不久後，心臟位置有一種清涼的感覺，那種清涼慢慢地覆蓋我左邊身整個心口，就像有一股力量，要清除我心臟內的鬼魂那樣。而那種清涼的感覺，更漸漸伸延到我的左臂及左背，不知道是何方高人的幫助，連續兩天了，實在很感激及感恩！晚上打坐時，仍舊有些干擾，於是我嘗試把意念定於心，不久後干擾停止了。以前打坐時，我根本不會制止任何念頭，就讓它們隨時來、隨時去，並沒有造成任何干擾，因為我的心始終不變也不動，更不會造成任何心煩意亂，但是這次的情況有點不同，別人打坐通常是定於鼻尖或一境，而我就要定於心，以控制心臟隨時被拉下沉的感覺，也要抵抗隨時而來的干擾，這還是打坐嗎？

（四）落荒而逃

　　法會的第四天，除了在第一天到過亡者牌位區上香之外，之後我再也沒有踏足那區，我的心靈實在需要休息及回氣，也需要想清楚我的前路。可惜，在下午念「往生咒」時，感到心臟一下放鬆，心想不是吧？我沒有感到有鬼魂接近我，除了早上打坐念佛時，曾經有一刻心臟像被緊握過，真不知道又是何方神聖，更不知是何時何地惹上，只知道它幾乎令我透不過氣。

　　之後一天在施食餓鬼時，我在心裏說：「食完返嚟唔好鬼鬼祟祟，起碼要畀我知你返咗嚟。」結果不久後，它就堂堂正正的回來找我，還逼得我在進行中的法會落荒而逃……

（五）觀察、體悟

　　這次的佛七，我幾乎沒有用口念過佛名號、經及咒，因為我想細細地感受我對經、咒、佛名號的反應，如我的意念、心態、思想、呼吸的粗細、身體的疼痛、心臟的跳動等。這七天對我來說，是學習、體悟、觀察、發掘，甚至是它，也是來讓我開悟的。我擅於從苦中尋找樂趣及意義，或者叫它做轉念，這樣才可以使自己樂觀及快樂地繼續走下去，也可令自己了解、認識得更多。我這是修慧（智慧）不修福（福報），沒有跟人結下善緣，相信前世也是如此，今世才沒有甚麼福報（如金錢、健康、無憂無慮等）。我們應該福慧雙修才是（布施、持戒、忍辱是修「福報」；精進、禪定、般若是修「智慧」）（請參閱《拆解宗教及人生（上）》〈六波羅蜜〉一文），其實我不用每天營營役役，能夠隨心所欲做自己喜歡的事，那已經是我的福報了。

除了觀照（覺知）自己的身心內外，我也感到有鬼魂碰觸我的身體，但是我就好像一隻驚弓之鳥，跟前半年的冷靜、淡定、態然自若、欣然接受的態度判若兩人。這個它真的令我有點驚慌，只是過了十多天而已，已把我折磨得走了個樣子。最後一天的佛七，我還是到了牌位區上香，要來的總是會來，逃避並不可以解決問題，唯有以平常心及冷靜沉著面對。

27. 是誰相助？

懂得控制干擾後，它居然轉到我的夢中，記得那個夢很短暫及被中斷。第二天早上在半夢半醒間，干擾又再回來，腦中忽然出現一尊金色的佛，由遠而近、由小而大，干擾立刻消失，而我也隨即清醒，難道這幾次也是佛菩薩的眷顧及保護？

想起大約一個月前，途經向觀音菩薩寫懺悔錄的寺院時，曾經為這幾本書求了一支簽，是 33 號中籤（咬金聘仁貴）：

內藏無價寶和珍，得玉何需向外尋
不如等待高人識，寬心猶且更寬心

解曰：內藏金玉，不識外尋
　　　遇貴指引，不須勞心

這幾次高人或佛菩薩的相助，的而且確幫助了我不少，干擾亦暫時消失，但是我很好奇，究竟是誰幫助我？

28. 鬼龍

　　想起在禮拜第三部《梁皇寶懺》的第一晚，它們來警告我不夠專心時，那條排隊的鬼龍是很長的（我在它們頭上飛過，所以知道有多長），只是排在第一位的男冤親債主出聲警告我而已。當然了，累世作了不少惡業，也殺及吃了不少昆蟲動物，那麼長的鬼龍也是應該的（後來發現部分是飛進我身體內的遊魂野鬼）。我知道我只可以靠自己化解，別人是幫不了我，相反，我可能還會影響別人，靜心回想一下是由今年初開始，心就定不下來，妄想妄念特多，壞習氣和舊有的想法，也通通浮現。樂觀一點來看，此時才是改過修行的大好時機，可惜我卻疏懶了，因此之前在面上消失了的紅印，又再重新出現，不過就不再痕癢，反而頭髮內之痕癢印卻消失了。忽然發現我幾乎天天也在無意中殺生，因為家中的米放置得太久，生了一隻隻小米蟲，我在洗米時沖走了牠們。

　　在殺害昆蟲方面，只要不是刻意、計謀虐待死昆蟲，不知者不罪，相信昆蟲也不會怨你，當然預先防範避免滋生昆蟲是最理想。

　　某日心臟跳動雜亂無章，忽然心定了下來，人亦剎那安定。之後到某精舍打坐，心是定了，但妄念仍是轉過不停，我在心內問了自己一句：「你而家喺度做緊乜嘢？」，答：「禪坐」，當即所有妄念統統消失，禪就是活在當下、專注地投入眼前的事物，吃飯就是吃飯，睡覺就是睡覺，打坐就是打坐，腦內不

要想著其他事情（如不要在睡覺時想著工作的事、吃飯時責罵子女的成績操行、工作時想著家裏的事），並且覺察自己的心念。回家途中，心臟突然痛了起來，我未有理會，回到家，首先念了十多遍《心經》，仍然有少許痛楚，就轉了念「往生咒」，念了數遍就覺得心臟位置有一種清涼感覺，於是念至不痛。到底哪位？冤親債主？還是在哪裏惹上的？不得而知。

29. 重新上路

2016年1月29日，去了某協會的三時繫念法會（請參閱《宗教及人生（下）〈法會的種類和意義〉一文）。由於某個無形眾生的干擾又再回來，因此在道場內，只顧著自己及它。當時心口十分脹痛，亦呼吸困難，我嘗試專注的心念「南無阿彌陀佛」名號，以及耳聽法師們念的佛名號，結果也只是為我減輕了少許的痛楚。之後突然想起身在道場內，怎麼可以只顧著它？於是就不再理會它，再次專注地念佛名號，小腿就立即有點感應，而我的心口也不再痛及呼吸暢順，但由於之後常想這本書的事而分心，到最後，我還是得不到解脫，心臟時痛、時而不痛。

做人有時真的不可以只顧著自己及執著眼前的事物，放開才可以看得更遠及更多，而得回來的，可能會令人喜出望外。

30. 壞習氣

　　幾天後去了某寺參加一天的八關齋戒，八關是指五戒的不殺生、不偷盜、不邪淫（八關是「不淫慾」，指夫妻間的正淫也禁止）、不妄語、不喝酒，加上身不打扮塗香及不觀聽歌舞、不睡高床軟枕、過了午齋後不再進食。整個早上也很好及平靜，下午時，有一位法師來教我們打坐，於是我請教了在第一次禮拜《梁皇寶懺》打坐時，聽到很多怨咒聲的事情，結論是我與鬼魂容易感應，想來也是真的，為何呢？可能就是因為我曾經靈魂離體，到繞佛行圈時，在空曠的轉角處，忽然感到左腿的關節處，被一團很熱的物體抱著，不久後便轉為關節痛，而左手關節也痛了兩天，心想它們不是那麼喜歡我吧？但是今次我真的無能為力，因為之前它的干擾我是克服了，但是還有排山倒海而來的妄念，程度是到了幾乎我見到甚麼，就引起一種壞的想法，心中總是充滿詛咒及邪惡，我明白大部分是我自己的壞習氣引起，也可以說是由印在第八識中的惡因種子引起（請參閱《宗教與人生（上）》〈五蘊熾盛苦〉一文）。例如我的小貓走到我的面前求撫摸，在我摸完牠後，我的內心會出現踢牠的畫面，但是我又怎會這樣做？不過在牠們還是幼貓的時候，我常常因為步速太快而不小心踢到牠們。又例如見到觀音菩薩像，內心會閃現咒罵的句子，因為之前長期咒罵過（在 2015 年禪七之後），再這樣下去的話，不獨是幫不了它們，也幫不了自己。

31. 遇上厲害的它

年廿九（2016年2月7日）去了大嶼山某禪修營，順便避年至年初四。這地方雖然有點殘舊、偏遠及落後，但是我並不是來度假，我是來享受幾天難得的寧靜及與大自然接觸。在禪修第一天打坐期間，忽然覺得心臟很痛很酸，之後感到一個像大麻鷹的物體擁抱著我，它的頭亦枕在我的右肩上。我看不到它，但是這個它，跟以往的鬼魂給我的感覺很不一樣。它不獨可以看到及聽到我的一切，更可以隨時平復我的心口痛，只要我在心裏說一聲心口很痛，心口就立即不再痛，以至所有的關節痛楚也消失。

32. 思覺失調？

由2016年2月28日清晨三、四時起，我腦內開始有一把聲音跟我對話，是「厲害的它」，它既不是來害我，說它是來幫助及保護我，可以說是，也可以說不是，它對我來說，是有點威脅，亦同時帶給我很多歡樂（後來變了很大的威脅）。

之後一天我去了某寺參加禪七，碰巧在隨後的一天即3月1日，是我44歲的生日。今年跟舊年一樣，也是在第三天給嚇下山。舊年是給一些不善念頭及畫面嚇跑，今年則是被這個「厲害的它」嚇跑。因為我實在不知道它有何目的，它並不是來找我超度它，我只知道這個「厲害的它」令我十分迷惑及懊惱。

之前的鬼魂及靈異事件，我還可以輕鬆地笑著面對，但是它有時真的令我頗恐懼及憤怒，以及感到極度無助，究竟它想怎麼樣？真是猜不透。

2016年3月底，每晚在半夢半醒間，我像身處在某一個空間，並且看到很多鬼魂，有些會說話，有些則不說話，即使說話的，也只是一句起兩句止。在它們之中，有一些鬼魂說它們已經找了我很久，這次終於找到了我，是我前世的冤親債主吧？那時我的腦內，不獨只有一把聲音，而是多把聲音同時出現，有時甚至是在清醒的日間出現。

2016年4月中，我像是鬼上身及著了魔般，其後由於在家中暈倒（兩日吃不下嚥及睡不了所致）被送進了醫院。家人也把我最近的不尋常告知醫生，醫生的診斷是幻聽、幻覺，是思覺失調，主因是由壓力引起。我當然知道不是。在醫院的某一個晚上，我整夜也在背誦《心經》至天亮。我在醫院住了十多天至4月尾，幸而在那年一月的時候，我強迫自己背誦幾年來也背誦不到的《心經》。雖然《心經》只有二百六十個字，是很容易背誦的，但是我就是背不起來。自小我在背書方面很快就背熟，但是面對《心經》，我真的投降。因此在整晚背《心經》的期間，由於經常背錯而被腦內的聲音嘲笑。而在醫院的期間，我亦被醫院內其他病人身上的冤親債主警告：「不准接觸任何病人，不可以跟他們談話，否則它們會全部跟住我」。我曾一次不小心回答了一位病人一句說話，又再次被恐嚇「你係咪想我哋全部跟住你？」我立即否認，並獲得一次機會。

與鬼相應

我不是債仔，也不是聖者，它們沒必要跟著我，我亦沒能力干涉他人的仇怨及因果。

33. 新觀音菩薩像

　　出院後，我開始埋怨我的命運際遇，否定這一年所發生的一切，因為我真的被嚇怕了，當我生起退卻之心的同時，心口又再開始痛起來。雖然那種痛比起以往的痛是輕了很多，但是痛楚的形式不再相同（心口痛是有很多種痛法 —— 刺痛、㞗痛、銳痛、大小幅範圍痛、不同位置痛等）。

　　2017 年 5 月 13 日，媽媽為我在家中另請一尊觀音菩薩像，並為祂開光，同時送走家中那尊未開光的觀音菩薩像。這一年的事情才暫時平息一下，之後我又變成游手好閑、行屍走肉的人，既不拜佛也不誦經，亦不閱讀任何書籍報章，整天只在罵人及發脾氣。我亦不時埋怨地問，我那是甚麼命？前世究竟是甚麼人？做了些甚麼事情？所以今生的路途才那樣地奇異鬼怪？自問只是一個極平凡的家庭主婦，為何發生在我身上的事是那樣地不平凡？

34. 執真執假？

　　回想今年 2016 年的整段期間，也像是活在迷霧中，哪些是真？哪些是假？我是真的分不清楚，說無形眾生是真的，卻好像是不大可能發生的事，很虛幻也不科學；說它們是假的，我又是那樣地清晰及理智，而在現實生活中，也留下了一點活生生的証據，不容許我否定它們曾經存在過。只知道在經過那四個月的奇異經歷後，我像是變得蠢了，腦筋也像是停頓了，也失去那唯一點點的智慧、靈性及笑容……

　　忽然想起之前求的一支籤，內容有一句是「內藏無價寶和珍，得玉何需向外求」，於是我把書重新讀一遍，是真的說得很對，我之前是被嚇傻了，竟把一切也給忘掉。出院後我內心怯弱、埋怨、懶惰、找藉口等，也整天發脾氣及罵人，否定及抗拒一切，不正是完全符合它們的胃口？

35. 出坡

　　6 月初，我開始在某精舍做一星期一次的出坡（勞動工作），工作包括清潔禪堂的牆壁及窗戶。記得在初班及中班時，最喜歡的工作就是幫手執拾經書、抹桌、掃地及洗架房（廁所），因為出坡時的心是最清淨和專注的，但是這次卻跟以往有很大的差別，因為我的內心仍有一些妄念在不停地轉，於是我在心中不斷念《心經》。最後更索性一邊出坡，一邊思考整篇《心經》

的內容，才可以收攝自己的心。記起在很多年前，在未接觸佛教的時候，同樣地眼睛注視著電視或其他，內心也是充滿了咒罵他人或自己的說話，那時候已覺得自己很奇怪，感覺是思想完全不受控制。

36. 下了地獄？

2017 年 6 月 14 日，看到一篇高僧寫的文章，內容指出犯了邪淫的人，死後會下到「刀林地獄」及「鑊湯地獄」受刑，我腦內又再一次「轟」一聲響，呆若木雞及渾身毛孔張開。事緣在 2016 年 4 月中一個下午，我躺在家中床上合上眼睛，十分清醒地想著事情的時候，突然感到身體向下沉。由於之前試過幾乎被扯往地獄的感覺，所以我十分清楚這個情況。但這次的感覺跟之前的感覺略有點不同，那我就好奇地感受著，最後我覺得自己仰臥在一個平地上。突然間，我感到背後慢慢生出很多把刀，並且把我的整個身體也刺穿插著。我不敢張開眼睛，也不敢移動我的身體。之後不久，我感到自己躺在水上飄盪，那時我還在猜想到了哪裏？「刀林地獄」我是猜到了，但是第二個地獄我真的猜不透，之後我念一聲「南無阿彌陀佛」，神識就回到床上，而我也立即張開眼睛。直至看到高僧這篇文章，才知道是下了「鑊湯地獄」，也被嚇了一大跳，很震驚，也很驚恐。回想自 2015 年發生的所有靈異事件，真的恍如發夢，極像電影小說裏的虛構情節，有些事件不獨印在我的腦海裏、証據上，也紀錄在我的日記本裏，亦在不少法師心中掀起過漣漪。

37. 《華嚴經》的奇異經歷

6月底去了某寺讀誦《華嚴經》（音花嚴經）連續 21 天，也順便好好地善用那段日子，來讓我的心回復清淨無雜念，以及減去那時被逼要放棄持齋、在醫院裏狂吃豬肉、火腿等而導致的肥肉。

（一）開陰眼？

第一天讀誦經時，心口有輕微的脹脹感覺，比起禮拜第一部《梁皇寶懺》時的脹痛及抖不過氣的感覺，簡直是不可比較。突然感到有一個聲音說「開眼」，我隨即在心內回答：「雖然我好想見到你哋，但係我真係會驚，因為我會將見到你哋嘅畫面留喺印象度，之後就無限次出現喺眼前同腦海，咁我就會成日失眠，所以唔可以開眼」，說罷，心口立即放鬆，再沒有脹脹的感覺，我也深深的吸一口氣。（真的是感覺到而不是聽到，因為我已聽不到任何聲音，反而像是流水般流入心中）

（二）佛門事件

當初因為佛門事件令我下定決心寫這本書，但是到了今天，這間寺院還是不停的在舉辦法會，而且還有信眾參與其中，所以擁有般若（是一種比世間學識更深、更廣的智慧）是十分重要的，才不會被有「心」人利用了真心。有一晚我突然在半夜醒來前往洗手間，抬頭望向時鐘，是久違了的四時二十分，其後突然想起這間寺院。於是上網找找它的新聞，其實由始至今，我一直沒有提及這間寺院的名字，後來我寫出了它的名字，原

本一直有點刺痛的心臟卻突然不再痛，這令我十分疑惑及詫異。其實痛不痛代表甚麼呢？是想說明除了身為住持的她、她的老公、她的徒弟，他們清楚知道整件事情的來龍去脈之外，還有鬼也知道，天、地、神也知道？第二天有新聞說廉政公署主動介入調查，雖然她前世種了佛緣今世有幸出家，可惜她在今世逃不出身口意三業、財色名等名聞利養，現世報來了。

（三）心口大爆炸

踏入第六天，精神一天比一天好，之前數天的精神很差，幾乎每五秒一個呵欠，頻密的程度令我吃驚，也笑容欠奉，跟舊年的我比較，簡直是判若兩人（我在 2015 年裏的法會裏沒有打過一個呵欠，也笑容可掬）。其實在四月底出院後，我就一直的腰痛、咳嗽，甚至在吸氣時肺部也拉扯著痛，多次診症無效後我唯有放棄。到了第六天，當我合上眼睛，十分專注地聽著法師們唱誦梵文的華嚴字母時，心口突然像大爆炸般一下巨響，嚇得我立即張開眼睛，之後感覺全身被打通經脈般舒暢，很久已經沒有這種感覺了，後來我發現只要以十分清淨、毫無雜念的心，聆聽法師們唱誦梵文的四十二觀門字母時，全身就會感到舒暢無比。（這跟音頻也有點關係）

自問是一個中文不太差的人，但對《華嚴經》真的不甚明白，不過在這 21 天中，也有很大的得著，因為我在讀誦經文、念咒、念佛名號、打坐，以至一切威儀（態度舉止、禮節），也專心一致的投入當下，希望做到不生起任何妄念及妄想，也在法師們唱誦華嚴字母時，專心聆聽以淨化我的身和心。雖然常有睡意，但是倚靠對《華嚴經》的專注力，也幫助我減去很多妄念及妄想。

38. 再拜《梁皇寶懺》

2016 年 8 月 2 日，是某弘法中心啟建盂蘭盆法會的日子，即是我上年禮拜第一部《梁皇寶懺》的法會。第一天是進行灑淨（淨化道場）及讀誦《地藏經》，當天早上因為掛上八號風球，所以我未有前往。除下風球後，我反而前往某精舍上課，那天起床後，心臟一直十分刺痛，最頻密的時候，是數秒一至兩下！忽然想起早上不去灑淨，並沒有向體內的冤親債主或鬼魂提過，於是在心內告訴它們晚上才去法會，心臟刺痛突然全部消失，上半身感到十分輕鬆，即是怎樣呢？那刻除了笑之外，實在想不出還可以做甚麼？身上有那麼一班靈體，真的不知道應該笑還是哭？（我不去法會，它們就沒有好東西吃吧？）

（一）我都搵咗你好耐！

這天是第三天禮拜《梁皇寶懺》，我一早到達道場，聽過兩位師兄說了一些關於其他師兄的鬼怪故事後，就在頂禮佛菩薩時，一時感懷身世，一邊跪拜，一邊問佛菩薩，究竟自己在多生多世前做了甚麼惡業，以至今生今世遇上一件又一件的奇怪異事？再問自己多生多世究竟是甚麼身分？我不停的在心中發問，也不停的跪拜，求佛菩薩寬恕我多生多世所作的罪業，後來想到一切的罪業也是自作，便改求多生多世的冤親債主寬恕，其後又改為整個家族的罪業懺悔。

我的家族中沒有人學佛、聽經聞法，反而貪瞋癡、執著、

74

顛倒是非者多的是，而我則是自小貪瞋癡薄弱、曾經靈魂離體、多歷練及有小小慧根而已。

　　經過多次反覆不停的跪拜，突然聽到有一把男聲說：「xxx（我的名字），我都搵咗你好耐！」那刻我並不害怕，反而是感謝它們來聽經聞法以解心中的怨恨，並且與我一起懺悔和念佛（念佛號可令內心潔淨、邪念減少、正念增加，人也正氣、專注點，心不致散亂、躍動不定及胡思亂想），倚靠佛力、法力、願力轉生淨土或輪迴（即是明白也願意遵循佛陀發現的法則及真理，從迷中醒悟超越苦惱、執著、貪瞋癡等，身心潔淨而轉生他方）。

　　佛不是神，不能赦免或寬恕某人的罪，佛陀只是一個為世人分析憂悲苦惱哀問題、輪迴原因、超脫以上煩惱方法的智者，以及遵照發現的法則得到無上的智慧及解脫苦惱的覺者；我們不會得罪佛，而是在生活細節中得罪他人、動物、環境空氣等。

　　之後我心口很輕鬆、很暢快，人也輕了，那種感覺相信只有拜過懺的人才會明白。其實舊年禮拜了三部《梁皇寶懺》後，人已變得很輕（主要原因是幾天以來不停地做起立跪拜的動作，令身體血氣及代謝循環加快了）（請參閱《身心靈》〈念佛、拜佛、誦經、打坐對身心的好處〉一文），心口亦不再時常痛楚及呼吸困難，心情亦十分暢快，而圍繞在我身邊的一切人、事、物，亦開始慢慢的、悄悄的在改變。只是遇上今年上半年的突發事件，才為我的人生再添上一筆業障及無形的障礙，樂觀點看，那是我的修行及考驗，也是我的命。

苦難：「苦不苦」視乎站在哪個角度觀看這個「難」字。如果正面看，會感謝有所得著，心不會「苦」，也不會覺得「難」；若負面看，則天天活在地獄中，不但心「苦」，也覺得自己很多「難」。

（二）信、願、行

法會最後一天，也是這一年多來最痛的一天，心臟、大腿亦然。原本是站在最後一行拜佛，後來我把自己的位置讓給一位婆婆，之後我亦被義工換了位置站在第一行拜佛。那裏的位置比較窄，只可以用直上直下的拜佛姿勢，結果只是作了十多次跪拜而已，心臟就開始十分頻密地刺痛，大腿肌肉也痛楚難耐，起不了身也跪不下去。突然間，心臟痛楚全部消失，不由得熱淚盈眶。其實今年跟舊年同時期拜懺比較，真的有天淵之別——舊年是幾乎連氣也喘不過來，心臟也很痛楚，奇異的事情也特別多；今年則可以說是沒有大痛楚。除了在第一天不出席法會有痛過之外，以往我是經年、月、日也十分痛楚，真的很感恩！我只是在舊年拜了八部《梁皇寶懺》，就已經有這麼殊勝、神奇的力量（心口痛大幅減少），而面及頭上的痕癢紅印亦告消失。這也讓我了解到，要消除宿世業障，並不是只有寫寫牌位、參加法會、讀誦經懺、拜拜諸佛菩薩那麼簡單，而是要信（相信）、願（發願）、行（修行，要了解經文的內容，反省、懺悔、修正自己的言行及意念）同時俱足，加上身力、心力和懺悔力，佛菩薩一定會加持我們（即是相信我們會真心改過，並暫時掃除無形的障礙。不能否定是身上的冤親債主放你一馬，因為它們解怨放下走了，但亦有可能只是在一旁觀察暫時不障礙你，總之你好它也會好，你壞它一定會協助你更壞及障礙你）。

39. 修習了兩種圓通法門？

2016 年 8 月 31 日，晚上去了某寺的大蒙山施食（即是邀請餓鬼道眾生吃飯，之後再請它們離開），由於整天背負十多磅重的背包，引致心口有輕微的痛楚及氣短。為免拉扯肌肉及傷心傷氣，整晚我也是沒有開口讀誦經及念咒，只是專注地聆聽經文、咒語和鈴聲等，及用心念咒。雖然今年所遇到的事情比較奇異，心亦不如舊年的清淨及專注，但是倚仗它們的力量，我的心口痛楚減至零，更有一種輕鬆及心情愉快的感覺。後來在念咒時，我分心用電話抄下一些咒語的名稱，心口突然一下大刺痛，嚇得我立即放回電話，繼續專注的用心念咒。之前兩天是在讀誦《楞嚴經》，但我只是去了一天，因為身體不適加上《楞嚴經》實在有點深奧，真的不太明白其內容。之前在另一間寺院讀誦過一次《楞嚴經》也是不太明白，雖然不甚了解，卻在悠閒中看了一本一直不知道是甚麼的「大勢至菩薩念佛圓通法門」，以及「觀音菩薩的耳根圓通法門」（二者皆是達到心清淨的一種修行方法），才發現自己在舊年起，無意中修習了兩種法門。而我在實踐時應用到不同的環境及法會中，均有不可思議的事件發生，所以是真的要多多聞法（聽聞佛法），之後實踐修持，才能體會及了解箇中感受，也能在佛法中得益、惠及眾生。

40. 誰又在我口中走了？

2016年9月4日，到某寺參加《華嚴懺》法會，它主要是唱誦四十二華嚴字母，同樣地，我也只是專注地聆聽法師們的唱誦。當唱至上次心口大爆炸的「孃」字時，我合眼看到一位很年青的無形眾生從我身後竄到我的眼前，之後就不見了。我不知道是否我的幻覺，但是感覺它很真實。後來在念「大悲咒」時，我亦是專注地聆聽及用心念，到了差不多最尾的時段，我張開眼及口念咒，突然看見一個白色球體從我口中飄了出來，之後打橫向外飄走。記起那次我在心裏說：「都係唔施食喇！」，說畢立即感到有一團東西從我的胃升上食道，逼得我張開口讓它出來，想來也是類似這團東西吧？因為那次是在黑夜中，所以看不到，今次就看得清清楚楚了。

41. 善根初現

記得人生第一次靜坐，當時是跟一大班人上一個氣功班，那個功法是分動功和靜功。首先進行的是動功，之後再進行靜功。當靜功開始時，師傅先要我們坐在椅子上閉上眼，然後逐部放鬆身體，之後觀想太平山山頂的涼亭，把景象停留在那裏。當時我的腦內只有一境沒有其他雜念。不久後，我覺得身體膨脹到很高、很大，並且俯視向下，這個感覺維持了差不多十五分鐘，之後師傅就要我們張開眼睛。我後來也忘記了這件事，即使之後常年在地上打坐，但是再也沒有出現這個景象，直到

第一次禮拜《梁皇寶懺》的時候，聽到上空有很大的怨咒聲，才記起之前曾有一段很短的時間，也是覺得身體膨脹得很高、很大，之後才聽到很多怨咒聲。

　　一星期前出席一個佛教講座，講者提及一位和尚每次打坐的時候，身體也有膨脹得很大的體驗，以及另一位女子在初次打坐時看到一個大圓光，身體並進入到大圓光內。我才想起自己第一次靜坐時的體驗，那是善根（有佛性，即覺性）初現的景象，可能是我宿世有打坐念佛的善根，今世再次打坐，第一次就顯現出來。而那次在聽到很多怨咒聲的《梁皇寶懺》法會上，就是在十分嘈吵的情況下入定，這樣或許就可以解釋，我在 2015 年專注聆聽《阿彌陀經》時，用了觀音菩薩的「耳根圓通法門」，以十分清淨的心，透過經書內容的力量，把手臂上的無形眾生給送走了（其實是它放下執著願意離開我吧？可能是去了輪迴），我估計是這樣。

42. 不科學的奇異事件

　　2016 年 10 月初，我去了某寺參加水陸法會禮拜《梁皇寶懺》。回想舊年初次到來參加水陸法會的我，與今時今日的心態，實在有天淵之別。舊年的我，是發了很大的心和願，結果出現了很多不可思議的現象，對事事以科學証據為理念的我們，真的很難解釋在我身上發生的一切異事。事實上，我是看不到它們，只是聽到或感覺到它們（從 2016 年 5 月或 6 月起我已聽不到任何聲音，而是好像流水般流入心中，需要我把它們的說

話翻譯出來），也在半睡半醒間見到它們。我幾乎從來見不到鬼的樣子，只會見到它們的身影，可能是我常常大聲拜託不要讓我看見它們的樣子。除了在 2016 年 1 月或 2 月，有一個看得見樣子的男孩頭，在夢中飛到我的面前看著我（大約十秒），它說想看看我為何這樣被玩也毫無反應（是想來嚇我吧？）。以及大約在 2018 年，在夢中見到一個看得見樣子的女鬼，在她飛入我身時，被我大聲斥喝「不要飛入嚟！」它震走了，而我亦清醒了。

起初我是因便秘問題困擾而參加靜坐班，在課堂中認識到了因果病，再才認識佛教的因果論，佛教其他的義理我是真的不太了解，甚至經書也是從 2016 年起才認識（一直只懂讀誦《心經》及略懂基礎佛法）。越研究就越發覺「佛法」是一部指導人生、認清世間及教導眾生相處的大字典。這段日子，我四出聆聽各道場的開示、上禪修班和講座以增長智慧，越聽越覺得自己智識淺薄及貧乏，也越感恩一切順境、逆境、人、鬼和佛緣，亦希望他人跟我一樣認識佛教從而修身、修心，也希望大家不再以科學否定一切，宇宙間有些事物的確不能以科學角度解釋，並不代表它沒有，只是我們並未認知。

佛教徒要了解、體驗、印證佛法，不以追求感應鬼神、神秘力量為要；佛陀是老師，教導我們世間法及出離世間苦惱為主，不以鬼神、神秘力量為噱頭吸引他人，若然顛倒執迷鬼神、神秘力量，必然走火入魔成為魔弟子或精神錯亂。

（一）超度

有一天在網上閱讀到一篇文章，大意是指現今的鬼道眾生多求超度、減少要求物質享受（如冥錢、紙紮房屋等），鬼道眾生也開始學佛及求生淨土（西方極樂世界），文章更提及一位居士自己在家中開導亡父亡母（不捨、執迷的亡靈可能留在家裏陪伴子女不肯輪迴）。在這一年間，或許我也引導過一些無形眾生念佛，分別是他在家中開導自己的亡父亡母、冤親債主，而我則是隨緣隨度，並且帶它們到各個寺院。可能就是這樣，現在無論我走到哪兒，它們就是隨意走入我的身體。當晚上念佛引導後，就感到它們從我的身體離開，或者是由我帶它們到寺院安置，不知別人會否這樣給它們自出自入，亦不知是好是壞，但肯定的是，我有正知見（正確認知及見解）、正信（以佛、法、僧三寶為信仰對象，敬崇佛陀的智慧、慈悲及教法）、無所欲求、意志堅定，也無所畏懼（因為無知，所以無畏），才不致發生奪舍（肉身被奪去及控制）或精神病（請參閱〈附身 vs 奪舍〉一文）。

跟「鬼」交流絕對可以變得很壞，因為一定會遇上冥頑不靈、滿口大話、愚弄你、迷惑你、恐嚇你的靈體，甚至遇上「魔」，令你精神及身心受創，有可能還會導致嚴重精神病。鬼怕魔，魔喜歡試驗人及擾亂人心智，鬼則會障礙人、愚弄人、迷惑人，還會令人生病及害人。

要超度剛過身的亡者，最重要是親屬的心態。在四十九天內讀誦經、念佛號迴向給亡者，令亡者放下心結，不完全倚賴

在靈堂代為誦經的法師，也不執著對亡者不捨，更不應在靈堂內嘈吵或交際應酬，而是請亡者不用掛念擔心、放下萬緣的念佛聽經，以佛法來化解心結、煩惱、離苦得樂等。實際上，親屬讀誦經也有其利益，若能明白經中內容（要先明白佛教基本教理，才能明白佛經全部內容），亦能使身心得到解脫、放下，是自利利他的行為。佛教經典《地藏菩薩本願經》指出親屬為亡者誦經，亡者可得一分利益，生人可得六分利益（請參閱《宗教與人生（下）》〈《地藏經》是孝經〉一文，此經感應力極強，比較適合在寺院讀誦，請參閱〈靈異事件〉第八點）。

　　邪的道場內有邪靈逗留，邪的師父有邪靈附身。曾聽聞有師兄加入了邪教，當他醒覺欲脫離，卻被一股邪惡的力量控制逼返回邪教，如被邪師或邪靈恐嚇。也有加入靈療、靈修團體的人，發現他人（如上師、師父）的病竟會轉移到自己身上。

　　讀者還是去有正知見及正信的道場比較好，也找個有戒律、慈悲和德行的師父，這樣會比較安全。這些道場的儀軌也比較如法及清晰，對生人及亡者的得益也是最大，否則只是浪費時間、心機和金錢。不是越大間的道場就越好，多去幾間聽法不為過，每間道場也有優劣，但一定要先上佛學班及明白其歷史，這樣才會對佛教有一個清晰的概念，也不致誤入邪途及成為一個迷信的佛教徒。

43. 重回工作

　　真的很懷念舊年很清淨的我，在這一年半裏，是真的發生了很多事情，可以說是完全脫離了我的認知範圍。隨著這半年的時間過去，我開始慢慢接受、了解另一個自己，但是那顆很清淨、很專注的心卻找不回。雖說是找回了初心，但是卻總有一種說不出的雜亂不安，所以我決定重回工作單位，讓自己脫離和休息一陣子，以找回那顆很專注及清淨的心，亦重新計劃日後的路。

　　2016 年 10 月中，我重新投入工作，也到處出席講座、禪修班，以豐富自己的知見和佛學知識，對於 2016 年發生的一切異事可謂正式結束，而我也沒有再聽到或感到任何聲音，晚上亦得以安眠。其實在 4 月中入醫院時，醫生開了一粒精神科的藥丸給我每晚服用，除了在醫院那十多天及隨後的十天之外，我再沒有服用那粒藥丸，因為它根本幫不了我，亦令我的身體極度不適。在那二十多天裏，即使服用了那些藥丸，腦內的聲音還是持續下去，我不能夠否定藥物的療效，因為它的確改變了我腦內的物質，令我腦內在起初兩日「溫溫」聲，也令它們的聲音變得模糊。我知道那根本是治標不治本，也就是不準時服藥或私自停藥的話，又會再度復發。（精神科藥物大多有副作用，如頭暈、反應緩慢、嗜睡、便秘、口乾等，副作用因人而異，新藥會大有改善）

其實一直以來，我也聽到（後來變成「感到」）很多聲音，只是我選擇了與它們共存，總比不停吃西藥的強。直到一個月前，我感冒了，身體很虛弱和疲倦，於是我在家中的觀音菩薩像前（9月17日），以至誠及懇切的心祈求各寺院，收留我體內的無形眾生聽經聞法及念佛，說罷小腿立即感覺到它們離開。但是在晚上，其中一把聲音回來了，直至我重新回到工作崗位後，那把聲音亦漸漸消失。上班後一星期，我的心口逐漸刺痛，人也虛浮、眩暈，是我的身體太虛弱，心力不足所引致。雖然已懂得怎樣為自己止痛，但是無奈也要結束工作生涯。在上班的這三星期裏，我也有很大的得著，因為由這年一月起，我幾乎沒有一晚可以安睡至天亮，每晚也是在半夢半醒間或完全清醒，不是被騷擾就是見到很多無形眾生，而從10月底起，我終於可以安睡了，真的很感謝眾佛菩薩、有形無形眾生讓我安睡，感激流涕！

44. 出竅？夢？幻想？幻聽？

2016年12月2日，在圖書館閱讀了一本外國翻譯的書，內容是關於一位在1772年死亡（剛巧在我出世前二百年），名叫史威登堡的天才科學家。他是一位基督徒，在57歲時，被一個發出七彩光芒的白衣人指派做地獄使者超過30年。在第一次靈魂出竅時，他的靈魂可以穿牆過壁，而當他向下望時，看到躺在床上的自己頸部輕微扭曲，於是他用意念來控制自己的頭部伸直，後來他更擁有穿梭地獄靈界的能力，可以跟鬼魂溝通。有一次，女王請他下地獄詢問一位已死去四十餘年的軍官一些

與鬼相應下

事情，那是關於一封軍官死前親手寫給女王的遺書，於是他在眾人面前躺下靈魂出竅，之後他把軍官找到並詢問了事情，在他清醒過後，他不但可以把遺書的內容說出來，也把軍官的話帶給女王，當時所有人無不驚訝萬分及讚賞他的能力。

　　你們相信嗎？有點像問米，但又不太完全一樣，問米婆是給鬼魂附身，而他的靈魂卻是親自下地獄找人。或許你們不相信，但是我相信，因為我也有類似的情形。24 年前，在昏迷的時候靈魂出了竅，但我只是抓著天花板沒有穿越牆壁；在 2015 年某天，我的靈魂在睡覺時被鬼向下扯去；2016 年 2 月 29 日起，我能跟「厲害的它」溝通；在 3 月裏每當躺在床上時，我經常進入了另一個空間；在 4 月裏的日和夜，我感到靈體多次進入我的身體，甚至是走進我的頭部，它說要觀看我在 2015 年裏發生的事情，然後我的雙眼就像在觀看高速播放的電影般，眼珠不停高速左右轉動，比起自然轉動的速度高出很多倍，也有感覺像揭書般慢慢觀看。我的腦海裏也出現一些「幻影」，不曉得人類的頭上是否真有一個記憶體（第八阿賴耶識，亦叫藏識，它的作用是貯存善惡的種子，及其事件經過的記憶，只知道每次它們觀看我的過去時，我的頭部也輕微痛楚及眼珠高速轉動。我不肯定它們是何靈體，當我進入空間活動時，我也不知道自己的靈魂是否出了竅，因為躺在床上的身體可以移動，意識有時由空間裏的我控制，有時又由床上的我控制，我真的分不清楚，究竟是幻想？幻覺？幻聽？出竅？發夢？夢遊？我不懂得分辨，對於每個疑幻似真的故事，我唯一可以做的，就是將每日發生的事，一天數次寫在日記裏，以便分析及釐清思路（通常是一邊寫一邊進行，由於我次次釐清、次次分析，所以我的思路一直十分清晰及有條理）。

閱讀了那本書小部分內容及寫完日記當晚，在半夜的夢裏，突然出現七彩光芒燦著睡覺中的我，同時亦聽到一把聲音說：「七色蓮花」，但是我卻轉身面向另一邊睡覺（我是在現實中轉身）。因為實在太劫及太燦眼，但是它又在眼前出現，於是我看清楚它是一個蓮臺，每片花瓣也有不同的顏色，說真的，我從未見過這樣的蓮臺，放七色油燈的蓮臺、輪流放射七種顏色的蓮花燈就曾經見過（我家裏也有一個）。之後它不停的轉動，我看著不久後便沉沉睡去。是日有所思，夜有所夢？代表甚麼？我不想猜測，有一段很長的時間，每晚一到睡眠時間，就嘆氣不知道又會遇到哪個境況，壓力是存在的，卻不是達到恐懼及憂慮的地步。反而最大的壓力是來自恐怕自己突然離世，把這本書給中斷及隱藏了。所以每隔一段時間要把它們列印出來擺放，因此浪費了不少紙張。那時晚晚不能安眠，結果日日睡至日上三竿，賴在床上不願起床，人也懶惰了下來，甚麼也不做，包括家務、閱報、讀誦經、坐禪、拜懺等，幸好我有個十分勤奮的丈夫。

　　有天我站在鏡前模仿眼球高速轉動，發覺根本難於協調。在西醫學上，有一種病叫「耳石移位」，本港一名綠葉藝人在老年時也患上，每當她感到眩暈時，眼球也會左右不停移動。跟我的分別是我一點也沒有眩暈，而眼球左右移動的速度應該比她快，記得第一次是在床上，另兩次正在吃飯。

45. 遇上前世修行高人

　　某天去了寫懺悔錄的禪堂禪七，今次住在四人的房間裏。其中有一位對佛教毫不認識的女子，她自小吃蔥、蒜、韭菜、洋蔥等五辛會嘔，去到一些未去過的地方有熟悉感，也曾經在夢中見到一個鬼魂向她索取物品，後來證實是朋友的亡父。這是她第一次打坐，在打坐的時候，她看到兩道光射向她，那也是善根初現的現象。在離開寺院的時候我跟她一起同行，在我們談及彼此的鬼怪經歷，以及一個關於冤親債主致令生癌的個案時（癌症是變異的細胞不受控制、不被約束地增生集結成腫瘤，淋巴系統亦不能發現腫瘤而把它們殲滅），她突然說很頭痛，之後再說：「你啲冤親債主叫我唔好做『炸俩』（架俩）！」那刻我呆了一呆及感到很內疚，我怕自己會連累她，因為我可以坦然地面對鬼魂，不代表別人也可以，並且不感到害怕及騷擾。雖然她之後沒有再感到頭痛及聽到聲音，但是也令我頗為擔心，或許是我跟她前世有點緣，讓我在這個難分真假的時候遇上，令我清楚知道我不是一直活在幻想、幻覺和幻聽中，而是真真實實的存仕，不過我相信她不會做「架俩」，我亦不容許她做「架俩」。（當然不是所有人也會感應到鬼魂，所以不用擔心，如果它跟你沒仇、沒怨，而你也沒有冒犯到它們，它們是不會騷擾你的，冤有頭、債有主，找你幹嗎？）

　　其實她是我認識的第二個前世有修行的人，同樣，二人也不是佛教徒（另一位曾經被有法眼的人看見被魔跟著，致令有一段時間人生際遇很差），亦毫不認識佛教。在修道上來說，她們是浪費前世的修行功夫，慶幸的是二人也有菩薩心腸，沒

有被塵世的習氣污染而墮落。由此可以看到，我們身處的世間可能有很多前世修行人，只是他們沒有機緣認識真正的佛教繼續修行而已。即使今世繼續修行，也可能在修行的途中，遇上更大的障礙或誘惑而退卻或墮落（我就是例子嘛！），下世能否再次做人繼續修行，真的不得而知。

　　佛弟子除了戒肉食之外，引起慾念及瞋恚而障礙修行的五辛亦會避免，也會戒吃母雞跟公雞交配後產下的受精蛋。以前的雞蛋在敲開後，會見到一粒黑色的物體在蛋黃附近，那就是受精卵，現今的雞蛋多由母雞自然產下並未受精，有些佛弟子認為未經交配的雞蛋不會孕育生命，因此現今部分佛弟子也會吃雞蛋。

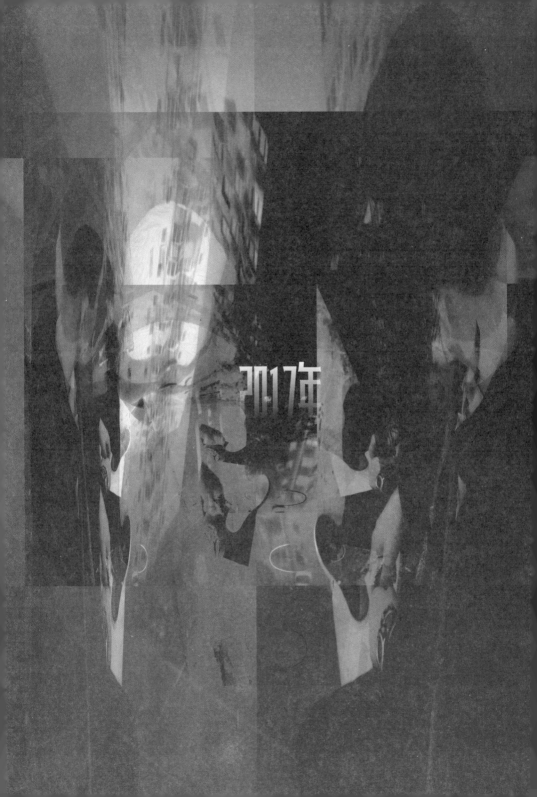

46. 精神病人？異能人？

　　2017 年 1 月 16 日，在網絡上看到一篇由一位能看到其他眾生的女孩所寫的文章：話說在她小時候，她們一家搬到墳場附近居住，每晚有很多鬼魂偷看她睡覺，嚇得她每晚也要面向牆壁不敢轉身，等至天亮才敢睡一會兒上學。小學時期，她的座位靠近窗邊，有一天她看見一位仙女飛過，就叫仙女帶她去玩，結果仙女帶了她的魂出遊去玩，所以那段時間她的成績很差。有一天，老師把她常對著窗外傻笑的事情告訴她的父母，而她的父親也發現她在家中常對著窗外傻笑及說話，父親害怕她有精神病，校長便到訪女孩的家中跟她傾談，認為她十分正常，可以繼續讀書。

　　原來她家附近有一名女子，也是常對著窗外傻笑被送進了精神病院（後來傻女子考到第一名），她害怕父親也把她送進精神病院，所以之後她不敢再出魂去玩及傻笑，並且努力讀書。直至長大成人後，她參加氣功班，導師知道她能看見一般人看不到的眾生之後，每次課後也追著她問過究竟。每一次她也在暗地裏取笑他們，竟把她的幻覺當成真實及寶貝，直至有一天她看到的不是仙而是魔，還看到魔在攻擊其中一位同修的心臟。後來那人真的心臟病發了，那時她才認真看待自己的幻覺。又有一次她朋友的新車被偷，朋友請求她協助尋回失車，她便嘗試入定（打坐），之後看到車被偷的經過，車輛最後泊在鄰村，三天後失車果然被尋回，自此她對於自己異於常人的能力確定無疑。由同修心臟病發至尋回失車，期間相隔了 15 年，當中她不斷懷疑自己的異能，直至替朋友尋回失車，她才確定自己擁

有非一般人的能力及經歷。而她寫那篇文章的出發點，除了是把自己的經歷告訴他人，也是提醒父母們，不要輕易把傻笑及自言自語的子女送進精神病院。

我是在睡眠前看到這篇文章，心裏真的有點兒發毛。我是沒有陰陽眼的（幸好我甚麼也看不到），但是我知道在我的身邊，有一些無形眾生在圍繞著我。其實在寫這幾本書的時候，我感覺到它們一直與我同在，特別是在 2015 年 11 月初寫〈疾病〉那篇文章時，窗外突然傳來兩聲令我全身毛髮直豎、心裏驚恐的吼叫聲。我是真的被嚇得停了筆兩星期，是我寫錯、得罪了它們？就是因為這樣才遇上它、厲害的它和醫院的它？在 2016 年 2 月及 3 月，我也是因為厲害的它時常傻笑，縱使沒有開口跟它對話，心裏卻交談了千千句，當時在一般人的眼中，我是患了精神病吧？鬼魂有很多種，有善良也有冥頑不靈的麻煩鬼及惡鬼，當然亦有魔，它們讓無知的我認清，它們有些並不好惹，不單只是冥頑不靈。

那位女孩很大膽，或許她前世有很高的修行，她不害怕見到任何眾生，因為她只當是幻想及發白日夢，才沒有產生太大的畏懼及妨礙。一般人在遇上鬼怪、靈異事件的時候，會把全副精神集中到事件上放大，或產生極大恐懼、精神緊張或自然對抗的心理，其實是因為我們不了解世間的真實輪迴，也不知道存在著其他空間的眾生，才導致自己神經兮兮，以為真的患了精神病，非得看醫生吃藥治療不可。當然亦不可以一概而論，有些自我意識及自控能力低的人，是一定要吃藥控制，因為他們不懂得分辨現實和腦海中的景象，或許，更是被嚇得六神無主及身不由己。

與鬼相處

2016 年 4 月在醫院時，其中一個威嚇就是要我打護士，憑著從小培養的道德觀、價值觀及守法意識，我不願意亦不會出手打人，這就要靠個人意志的堅定和信念，並不是完全控制不了自己的行為及思想，亦不是給予藉口任意妄為或推卸責任。那位女孩也是可以選擇不再出魂及傻笑並且努力讀書，只要把全副精神寄託到其他地方，不再專注、執著在靈異事件上，也不作任何理會、回應及傾談，那些異象就會慢慢消失（我用了四年時間）。

　　曾經聽聞一位女子也是經常遇上鬼魂的騷擾，起初她是引導它們念佛，它們就會離開，但是後來無論她走到哪裏，它們也找她，令她不敢再踏出家門，這個情況也跟早段時期的我吻合。我只可以說盡了力後承受不住，就請求佛菩薩救助，並且向天公告請求大家不要再找自己，說明自己已無能為力。以上所有事主恰巧都是女性，因為女性的陰氣比較重、陽氣比較弱，才會容易遇上靈界眾生，而自身的冤親債主，是不論男或女也會找上門的。現今越來越多人患上思覺失調而出現幻覺、幻聽，甚至多重性格、暴力等的精神病，或許跟靈界眾生真有點兒關係。我也曾經被叫跳樓、打人、滿腦子粗口罵人、罵己、罵佛菩薩等，還不是好好的生存著？修正自己的心態及行為、有正知（認知）見（見解）、正信、行善積德不作惡、廣結善緣，才是解決問題根源的最佳方法。

47. 善知識的啟示

　　2017 年 1 月底，看了很多篇善知識的文章，如宣化上人的文章，他說有些鬼有「他心通」，所以可以影響人的心識，而一些難於治愈、似病非病、精神病、不明來由的怪病，其實也是一些冤親債主或鬼怪弄出來的。想起在 2015 年禪七時，第三天清晨仍未睡醒時，腦中突然出現不善畫面，我是完全控制不了腦中的景象。後來我到禪堂打坐，心中向觀音菩薩道歉，表明那不是我的意願，之後再回想清晨時的不善畫面，卻怎樣也想不起，腦內一片空白。我還記得當時合十向觀音菩薩道謝，但是在後來的一年，不論在任何地方見到觀音菩薩像，心中就是不停地咒罵。

　　在 2016 年 1 月至 3 月，我的心中及腦海不受控制的不停咒罵、侮辱他人和出現一些不善的畫面，所以在 3 月份時，我時常拍打自己的頭部和掌摑自己的臉，希望可以令那些說話及畫面消失。這也是一種對自己的懲罰及提醒，當時看到我常常打自己的人，不把我看作精神病人才怪，還要加上偶爾的傻笑（對自己笑笑是平衡心理、放鬆精神的方法，否則人真的會癲），完完全全就是一個精神病人的模樣及特徵。記得在 4 月份住醫院時，有一把聲音跟我說精神科病人身上的鬼魂，比起其他科的病人特別多。

　　在 2016 年裏，很多聲音不停的在我耳邊、腦內、心中響起，也影響著我的想法和情緒，正如宣化上人所言，就是因為它們有他心通，所以就可以影響人的心識，這對於一直隨心而行的

我是一大衝擊，從小我很少對自己作出規範，所以常被冠以任性之名。其實一些暗地裏、不受控制的想法，是始於二十多歲（即中風後幾年），更有一些行為在做完後就深覺奇怪及後悔。現在明白了，原來自己的心是那樣不可靠，我們有時是太隨自己的心聲而行，原來有時誤讀了，除了自己的妄想、錯誤觀念及見解之外，也有可能是被影響了，也就是心魔太強，是魔或鬼卻難以分辨（魔會擾亂人的心智，不是一般認知的恐佈、醜陋，正如淨空法師說魔會令你感到歡歡喜喜、甜甜蜜蜜；鬼則會障礙、恐嚇、迷惑、害人、令人生病）。有說末世時期是妖魔橫行當道，那是當然的了，因為我們現今多縱容自己及子女橫行霸道、隨心而行、物質享樂，一些喜歡五欲（財、色、名、食、睡）的鬼就是喜歡黏附在熱愛追求五欲的人身上，令愚癡的更愚癡、偏激的更偏激、執著的更執著，加上邪知邪見、顛倒是非、妄想等，在群體及多國的積習後，也難怪有今天的惡果 —— 氣候變幻無常、天災人禍不斷、社會秩序大亂、不知名的惡疾及惡菌橫行無道等。我們該當反思一下自己過往及現今的言行，也對自己作出合乎個人道德、社會道德及法律的規範。

根據我多次沒有聽隨自己的心聲（不論是自我意識的心聲或受他物影響的心聲），做出自毀或傷害他人的決定，經驗告訴我「自己還是有最後行動的決定權」，最終還是那句，一念善一念惡、一念淨土一念地獄、明白因果道理、有正知見、考慮及尊重他人的感受、知足少欲、行善積德，也對世間多一點理解，亦減少自我意識，把「我喜歡或我不喜歡」及「我想或我不想」都轉為「我應該或我不應該」，那不單是個人思想及行為上的改變，集合起眾人的力量，更是社會及國家，甚至全球也因此而改變。

48. 燒書給觀音菩薩？

其實在 2016 年 4 月中一個下午（入院前幾天），有一把女聲叫我在這本書的第一頁寫上「觀世音菩薩」後燒丟，後來又說我身上有源源不絕的無形眾生。其後有一把男聲出現，之後我的身旁四周也佈滿金光，我不知道最後是誰收了，也不知道是否真的有收了，也不確定「她」及「他」是誰，只知道在隨後的數日裏，我也飽受另外兩個它威嚇，令我十分驚慌，眼淚也流光。之後想哭亦流不出淚來，最後竟連哭及驚慌的念頭也生不起。

其實原本只有一本書，後來才分拆成數本。而起初是由我的眼睛高速上下觀看，後來嫌我兩秒翻一頁的速度太慢，所以不用我看，才要我燒給祂（觀世音菩薩）吧？

49. 最後靈異

2017 年 2 月起，知道一切異事開始遠離我，因為在半睡半醒間發生的事或夢，在睡醒後已徹底的想不起。上一年的我，對於每一晚疑幻似真的事，睡醒後也是清清楚楚的印在腦海裏，每一句對話也是很深刻，之後便把過程寫在日記裏。對於夢中出現過一些不認識的名詞，甚至需要上網查閱。但是在 2017 年 1 月的某一個早上睡醒後，我只知道自己發了一個夢，卻怎麼也

回想不起它的內容，那時我就清楚的知道，以後再也不會夢到任何眾生，也不會再有疑幻似真的夢。

想起最後一次在半夢半醒間見到很多無形眾生的情境（2016年12月14日），由於我真的被它們嚇怕及生起退卻之心，腦袋就跟著一片空白說不出半點道理。我唯有跟它們說找我也沒有用，想要脫離現狀並不是找我就可以的，是要自己想得通、放得下。即使我念經、念咒、念佛號迴向給它們，但是它們自己放不下也是徒勞無功，念佛、放下（解脫執著使身心自在）是靠自己不是依賴別人。我只可以為它們作引導，最後我說了句：「冤冤相報何時了？」它們就走了，我亦睡至天亮。

2017年1月26日，我聽到一把女聲說：「幫唔幫佢好呀？」之後我立刻睡著了，卻在夢中勸導一位無形眾生，說到一半被中斷又再睡去。由那晚開始，我再沒有聽到咒罵觀音菩薩的聲音，在過去大半年的半夜裏，我常常突然醒轉需要配戴耳筒，一邊聽著佛名號，一邊在心裏跟著念佛名號，亦曾經試過突然醒轉，發現心裏有把婆婆的聲音在念佛名號；有時我在心裏背誦《心經》，卻有一把聲音硬要把我背誦的速度拖慢。隨著一切異事消逝，我的心亦清淨了很多，卻又要開始習慣另一個我，其實這個我還不是第一次參加「禪七前」的我，分別只是沒有了失眠、想自殺、咒罵自己等負面想法，以及對一直不解之事豁然開朗而已。

50. 我是誰？II

　　我是一只棋，「我是這個世界的其中一只棋」，這是在 2016 年 4 月中聽到的一句說話。當初聽到這個「棋」字很梗耳，有點氣憤，心想：「我是被利用的棋？」其實最初是聽到腦內有聲音問我「知否甚麼是『善巧方便』」？（善巧方便的意思是用善法、靈巧、簡便及容易理解的方法令人醒覺、覺悟），到寫起這本書，相信在這幾本書內，我也做到了一點點吧？可以透露的我透露，不可以透露的就在我的腦海裏永遠沉澱，或許在我死後，那段記憶會再次被勾出來，那我就可以知道，那期間在肉體及精神上所受的折磨孰真孰假（指未有透露的部分）。在「善巧方便」下，我亦只可以選擇對讀者有啟發及能反思的部分，孰真孰假就由閣下自行判斷，至於能否在另外四本出版的書內有所得益，就要看閣下的智慧。

51. 被送入醫院的原因

　　2017 年 3 月底，在某精舍參加《八十八佛懺悔文》共修期間，想起該精舍台灣老和尚圓寂的那天，跟我第一天聽到觀音菩薩的聲音，應該是差不多的日子。後來翻查日記，老和尚在 2016 年 4 月 8 日圓寂，而我則在前一天 4 月 7 日第一次聽到聲音，但是我也不可以確定日子，因為我的日記只寫到 4 月 4 日一半就沒有了。那個 4 月份是發生了太多、太多不可思議的事，來得既急且轉變得太快，我根本沒有心思及時間寫日記，直至 4

與鬼相應

月底離開醫院後，我才追溯之前重要的事項來記錄，不過 4 月 7 日當天是初一，我的而且確去了一個法會。

2016 年 4 月中，我打算參加 4 月底老和尚的追思法會，卻被多把聲音勸阻我不要前往，但我一意孤行並且繳交了機票費用，結果我是真的去不了，因為之前數天已被送進醫院。在被送進醫院的前兩天，由於情緒過度刺激，縱使被多把聲音勸令進食及睡覺，卻吃不下嗌也睡不著覺，最後是我暈倒在地被送進醫院。一切是巧合？算吧！想太多了！總之現在晚晚一覺睡至天亮（2017 年 3 月底），聽不到也感覺不到任何聲音，面上的紅印亦再度消失，就休息一陣子準備面對另一階段，經驗告訴我，還有更大的災難在等著我，試問心怎能不放輕鬆及笑著面對？否則真的會得精神病。

我自小抱著一個信念，就是「不要為眼前的事不高興，因為尚有一百件更苦、更難、更令自己不高興的事在等著我！」

52. 令人爆頭的讀音

記得在 2016 年 4 月 7 日，我說的第一句是南無（音摸）觀世音菩薩（原本打算說南磨觀世音菩薩，卻在說了一個「南」字後停了一至兩秒，想起了這個「摸」音），之後有一把女聲說：「終於有人讀啱！」第二天上網查閱讀音，查到的是國語版拼音「那摸」。2017 年 4 月 1 日再上 youtube 聽一下梵音教學，讀音是「攬摸」。其實「南無」是皈命、禮敬的意思，不論是「南

磨」、「南摸」、「攬摸」還是「那摸」；「柯微陀佛」、「柯尼陀佛」、「柯咪妥火」還是「丫咪妥火」；「瞋」還是「嗔」；「癡」還是「痴」；「身口意」還是「身語意」；總之就是令我十分頭痛，在聽過不同版本的多個小時後，發覺分別有梵語、漢語、巴利語、藏語版本，再細分每個版本也有不同的發音，最後我決定放棄，有些音可能是要配合唱誦時的音韻吧？相信如果我再聽下去的話，頭顱將會爆炸，所以決定回歸到最初，不論發的是哪個音，只要心至誠地念佛名號就是。相反，縱使發音準確無誤，卻心有雜念及不夠真誠懇切，即使念十萬句佛名號也是徒然。其實出生於印度的佛陀並沒有規定弟子統一發音，而是根據自己的方言來傳誦及了解經意，據聞當時古印度有超過一百種方言。

53. 清明法會

（一）超度 vs 金銀元寶

2017 年 4 月 2 日，去了香港佛教聯合會啟建的清明法會，我參加的是第二天晚上舉辦的燄口法會（在學校內啟建），當我在樓下的操場排隊等候上學校禮堂時，看見一些參與法會的人帶著金銀衣紙及在場內摺元寶，我心裏不禁十分奇怪，因為佛教一向不主張焚燒元寶衣紙給亡者（那是道教的儀式），而是希望透過誦經念佛，引導亡者明白因果、懺悔、放下執著等，從而離苦得樂轉生善道或淨土，也替亡者種下一點佛緣，讓亡者轉生後再次得聞佛法的機會。簡單來說，就是佛教度亡者向

上超升，金銀衣紙則是令亡者向下沉淪，很難想象這個畫面在佛教道場出現，或許人們是習慣了傳統的風俗習慣，又或許是不了解輪迴的真實，更不明白及了解佛教。法師一邊在超度亡靈放下，人們卻在另一邊用金錢引誘亡靈，真的不太明白這些人的所作何為。我只是奇怪及不明白而已，完全沒有嘲笑的成分，心口卻忽然大姆痛，痛得我一邊上樓梯，一邊用手拍打來減輕痛楚（幾層樓啊！還要步履緩慢）。

在進入道場法會尚未開始時，一位動作僵硬、行動緩慢的中年女士坐在我的右手邊，我除了照顧她也跟她攀談，突然她說她的體內住有一位冤親債主令她極不舒服，問我會否害怕？我大笑著說我體內比她更多，其實很多人體內也有冤親債主，只是知道與否罷了。多口的我教她禮拜七部《梁皇寶懺》迴向給冤親債主，誰知心口的劇烈痛楚逐漸消退（五秒內），那種強烈的對比真是久違了，口中還未說完，心口的痛楚已消失得無影無蹤，雖然不及上次立刻消失大刺痛（一秒）來得熱淚盈眶，但是今次也感恩各方的厚待，少不了我旁邊這位女士及她的冤親債主。在跟她傾談的期間，小腿不斷感應到無形眾生，原本以為自己的心已生起怖畏及退轉，卻在不知不覺間慢慢復原，其實是反思過它們大部分沒有傷害我，還很保護及幫助我，只是個別鬼魂恐嚇我而已。

在法會開始後不久，我發覺這次燄口法會，把原來的普通話改用廣東話來讀誦經，真的令我有皮毛直豎之感，因為有些廣東音調聽起來很刺耳及奇怪，令原本十分嚴肅認真的我，也忍不住微微一笑，我微笑只為音韻不為其他，請見諒！

我們的母語是廣東話，對於一些不太懂普通話的人來說，用母語讀誦經文會比較了解內容，因為腦袋少了一重思考讀音的想法，便能直接吸收經文的內容（請先了解佛教基礎教理）。

（二）密宗灌頂

2017 年 4 月 4 日，我參加了阿彌陀佛的灌頂法會，在道場的入口處，義工教我先請一條白色的巾，之後我坐在一位師兄旁，向她請教何謂灌頂，怎知她也不太清楚。其實我從未接觸過密宗，也不敢接觸，因為密宗給人的印象是很神秘，自問成為皈依佛弟子只有兩年（2015 年 5 月），未有足夠智慧分辨正邪，也不會人云亦云，特別是垢病已久「男女雙修（身）法」的問題上。2016 年時，在網上閱讀過一篇關於密宗誦本的照片及報導，誦本內容好像涉及性方面，在未清楚了解密宗的來龍去脈之前，更令我不敢貿然行動，唯有浪費那條交給上師放在我頸上的白色巾。

在法會的前一天遇到一位在各大道場偶爾會遇上的女同修，她不斷遊說我參加她的國際性西藏密宗課程，並透露他們的仁波切保証學員死後往生西方淨土，而且她時常感到上師在她身旁，我不敢相信天底下有如此「著數」的事情，也覺得「上師常在身旁」，這句說話給我很大壓力（究竟是上師分身伴在身旁？還是鬼魂化身上師的模樣伴在身旁？）。但是基於好奇心，我還是參加了這個開放給大眾的法會，如果是小道場舉辦的法會，我才不會也不夠膽參加。在法會開始前，我先行上網查閱有關資料，得聞灌頂後就成為弟子而且要遵於上師，嚇得我立刻打退堂鼓不敢貿然灌頂，因為我根本零認識密宗及法會中的

上師（切忌不要聽人講，因為來講者也可能是不了解密宗及其歷史，他也可能只是人云亦云，根本就是一嚿雲），所以我只是坐在台下觀看整場法會的進行，並在之後前往中央圖書館借閱書籍研究密宗。

後記：後來發現在圖書館了解到的密宗內容全是偏向正面，網上查閱的資料則有正面亦有「極」負面，最後決定把這個傳承的歷史及內容等全部起底（請參閱《佛教脈絡》之〈藏傳佛教篇〉）。而這個法會亦只是結緣灌頂，並不會成為密宗弟子。

54. 被吃掉身體的離婆多

偶爾看到這個故事：話說離婆多出城在破廟暫宿，矇矓間見到一個小鬼拖著一具死屍進廟，後面追來一個恐怖和兇惡的大鬼，大、小鬼爭論死屍由自己拖進廟並且應該由自己食。它們見到離婆多就請他評評理，由於離婆多不忍小鬼被大鬼欺負，也基於自己的誠實不欺，便道出死屍由小鬼拖進來並且屬於小鬼。大鬼一怒之下把離婆多的兩臂扯下，小鬼為了報恩把死屍的兩臂安在離婆多身上，大鬼於是扯下離婆多的腳、頭等，小鬼也跟著用死屍的身體來替代，直至離婆多全身也給取替。大、小二鬼於是一起吃掉離婆多被扯下的肢體，吃完後便離去。天亮離婆多醒來，遇人便問那是不是他的身體和他的身體在哪，途中遇到兩位聖者阿羅漢告訴他，身體本來是假有及由各種因緣條件和合而成（請參閱《宗教與人生（上）》〈因緣和合、

緣起、無常、無我〉一文），離婆多聽後就開悟了，最後證得
阿羅漢果位，亦成為「坐禪第一」的佛陀弟子。

　　想起禮拜第一部《梁皇寶懺》前一天的半夜醒來，突然感
到一隻手把我的心臟扯出來，並放在兩胸間的心口上，左胸的
心跳也驟然消失被轉移到心口上的心臟，那刻真的有點恐懼及
茫然，隨後幾分鐘便昏迷入睡。天亮睡醒後，我把這件事給忘
記了，還照平時那樣刷牙、洗澡、上街等，一點也沒有妨礙。
不知道、忘記其實也是一件幸福的事。

55. 臺灣的宮廟文化

　　2017 年 10 底，閱讀了索非亞的一些書籍、介紹索非亞的
電視節目，以及套入索非亞部分生活真實寫照的電影後，令我
感慨良多，也開始混淆神明與鬼的區別、誦經的意義、善鬼與
惡鬼的分別、道教儀式的功能與效用、電影及節目宣傳報導所
帶來的影響等。索非亞曾是臺灣的知名靈媒，在她手抱時由於
體弱多病、時常發燒，致使父母經常帶她走訪各大宮廟神壇以
治病。走訪宮廟神壇是臺灣人獨特的文化傳統，臺灣可算是道
教各種法門的扎根地，如扶乩、占卜、風水、八卦、收驚、符
水治病、擲筊杯、畫符、靈媒、神功、神力亂棍等。索非亞從
小擁有陰陽眼，能夠看到一般人看不到的鬼魂（臺灣人稱好兄
弟或阿飄），亦能夠跟鬼魂溝通，年幼時她以為所有人跟她一
樣能夠看到鬼魂，因此經常「語出驚人」令旁人十分驚恐，也
因此時常受到大人的責難，以及受到同學、朋友的排擠。後來

與鬼相應下

大人發掘到她這項特殊功能，能為身邊親朋戚友、鄰居等服務，如為離世不久的死者轉達遺言、買樓人士看顧房屋的潔淨等，在十分迷信的臺灣人眼中，她這種不用修煉就能獲得「神明」感應、跟鬼神溝通的能力，一般也會賦予帶「天命」的高壓帽子，致使能夠通靈的索非亞，以為必須執行其天命「義務」為民眾服務。故此索非亞在 15 歲時，就跟一位老師正式開設神壇宮廟為民眾驅鬼、睇風水、治病等，也因此嚴重剝奪了索非亞在童年、小學生、初中及高中時代，應該享有的吃喝玩樂、自由、課餘時間、探索新事物等「權利」，變為必須聽取成年人的訴求、祈求、哀求，甚至牽涉入成年人的黑暗世界，如權力、金錢等神壇宮廟內外的紛爭。一直以來，索非亞也堅持自己獨有的形象、思想，乃至形容自己為「翻譯者」（臺灣人稱通靈者為仙姑），她堅稱自己只是一個在人類及「鬼魂」間作橋樑的翻譯人，並不是甚麼仙或神。年少無知的她，也曾一度迷失在金錢、擁戴、吹捧、權力、虛榮、我慢等的幻象中，但在跟她合作替民眾治病的鬼醫隊，在權力、利益等鬥爭下被滅、被殺後，在 26 歲那年，她決意脫離這個看似光芒四射的黑暗舞臺，重新找回人生正確、光明的道路。之後數年間，她不但是臺灣大學社會學系的畢業生、政大宗教研究所的畢業生，更是臺灣首位擔任棒球的女性主審、臺灣首位國際棒球的女裁判、海外棒球隊的隨團翻譯。她更成為了穆斯林（即伊斯蘭教的信徒，因為她說只有在清真寺才見不到鬼影，其餘宮廟、道場、教堂等均見到鬼踪），同時亦出版了數本《靈界的譯者》系列的書籍，透過她傳奇的一生，以幽默、清晰、客觀的筆尖，寫出道教神壇宮廟內的部分權力鬥爭、古惑招數、人性醜惡、操作方法等真實內幕，乃至信徒的貪慾及無知，以及她在思想漸趨成熟下，對於退下火線的內心掙扎、惡鬥、被恐嚇、罪惡感等。她統統

以真誠的態度向讀者剖白，其目的是希望民眾、讀者、迷信者，反思及認清臺灣這神壇宮廟文化的傳統，可惜大量的媒體報導、電影等，也是集中在她的靈異體質上大作文章、嘩眾取寵、模糊焦點，因此筆者也不適宜多加介紹她的一切報導，還是正正經經地閱讀她的內心世界和反映的真實世界吧！

（一）神明 vs 鬼

索非亞指出她並沒有任何特殊的修行和神力，能為民眾驅鬼治病、睇風水等，完全是來自她能夠看到鬼魂的陰陽眼，運用意識、心念來勸說病者身上的鬼魂離開，在後來跟懂得中醫的「鬼」朋友合作下，共同替病者治療疾病。索非亞既不懂得中醫學，亦不是得到真正神明本人的幫助，她所擔任的角色，只是一名負責傳遞說話的翻譯者，甚至是逼鬼離開病者的恐嚇者。在勸說不湊效下，神壇宮廟內的鬼魂武將就會用打的方法趕走附身鬼魂，之後就憑鬼中醫的醫理開出藥單給病者，這些大約就是診病的方法及過程。索非亞指出只是小部分人卡陰（即被鬼附身）致生病，指出一般人在生病的時候，應當尋求中、西醫的診治，不應該延醫到處去求「神明」及求助仙姑或靈媒。因為現今神棍騙黨亂舞，首先不知道靈媒或翻譯者孰真孰假，假的神棍會令病者隨時無病變有病、延醫失救或騙取血汗金錢，真能翻譯鬼話者，也不能確保「神明」不是為了騙取食物、香、冥錢等的神棍鬼，假若為了心安、死心而迷信求神治病，冒著被人鬼二神棍詐騙的可能，何不直接向中醫或西醫求診？反正「神明」也是研讀中醫。假若病者並不是卡陰致生病，固然有可能造成延醫及被騙財；若然真的卡陰致病，亦有可能附身靈體只是暫時離去，之後不久又再附上身。因此最徹底的方法是

避免被附身，如增強陽剛之氣、增強免疫力、多做運動、心正不邪思邪念、正面積極、珍惜及愛護四周人和物、不要到處走宮廟等。在《靈界的譯者》系列中，索非亞大量提及對死者或靈魂的一些趣事、她對靈界或靈魂的見解、死者過身或招魂時所見所聞及避忌，使迷信及一知半解的我們，實在撥去不少迷霧。

（二）誦經的意義

記得在索非亞的電影中，一位患了嚴重疾病、瀕死的病人，為發了一個惡夢而心感不安，要求仙姑整日陪伴她讀誦經來減輕不安的情緒，看後不禁反問誦經的意義何在？為求心安？為減輕罪業？為表現自己的虔誠？為求福？為祈求達成心願？我想是應該為了解、明白經中所教的道理吧！雖然不太了解道教的經典，但是我相信道教的經典也是導人向善的。

早前到佛教某寺拜懺，由於沒有拜墊台位，只好在東單（道場佛像左手邊的大眾）前的臨時拜墊位拜懺。懺文中除了頂禮佛菩薩的名號外，也包含一些佛法在內。那天我並沒有開口讀誦懺文，而是用眼專注的看懺文內容，並在腦內迅速把專有、複雜的名相（專有名詞）轉化及解釋一下。記起在 2016 年時，聽到無形眾生說：「都唔知佢講乜？」想想也有道理，人的根器有高低、智愚，鬼也應該有吧？況且不甚了解經文內容，又或在生時從未接觸佛法，正如人一樣，不懂就是不懂，未聽過就是不懂，不懂就不會開竅。無形眾生比我們人類有優勢，因為它們有神通，部份無形眾生擁有他心通，即是想知道人的心意就可以知道。在這兩年多來，除了紅衣女鬼在我身旁抓牆而

我給她勸導、男鬼在我面前轉紙被我嘲諷、男鬼對裸體的我吹口哨被我責罵之外，我從未開口跟它們說過一句說話，我們之間的交流、對答，全部也是用意念表達，我只需要想一下畫面或在內心說話，它們就會明白我的意思。起初我是用耳朵聽它們說話，出院後變成它們在我心中輸入說話，再由我翻譯出來，想來它們也應該是用意念的方法，即是我跟它們心靈相應。那次我在法會裏沒有讀誦經，只是用眼睛一邊看、一邊用腦思索和解釋，結果就吸引它們來聽經，是這樣吧？這也是在讀誦經典時，不單只為精神集中、清淨、恭敬等，也要理解經文中佛陀的教導，亦是依據經文的內容觀照（觀察、對照）自己的言行，從而修正改惡行善，也是獲取正知見及世間真理，亦是超度無形眾生離苦得樂的途徑及方法。在超度無形眾生之前，最基本的，還是應該先超度自己，因為我們是生活在物質世間裏的人，身邊實在有太多引誘及牽扯的關係。若人仍在迷中，就會出現拜懺、寫牌位、口講慈悲少貪瞋癡，言行卻不一的「虛假佛弟子」或「迷信佛教徒」。

佛法主要是超度生人不是度鬼，鬼由人死後化成，假若超度了死前的生人就等於他死後也是一個不貪、不瞋、不癡的好鬼。

56. 鬼想怎樣？

索非亞指出我們「一般」人是不會看到鬼魂的，除非是鬼魂它本身想讓我們看到它，對於這觀點我是絕對的認同。因為

與鬼相應

有次在某寺佛七打坐時，看到一個鬼頭在我面前兩吋。其實在看到它的時候，它的頭是在我面前慢慢向後退，並不是一開始就在我面前兩吋的距離，即是可能更接近。我不知道它在我的面上或頭裏弄了甚麼，但是我絕對的肯定，我是被弄得看到它們，因為由聲音止靜到看到它們的時間不足一分鐘，它們為何想被我看到呢？我真的不知道，幸好它們也十分乖，沒有讓我看到它們的樣子，只是讓我看到它們模糊的身影及頭影。它們是太悶嗎？還是我真的那麼好玩？

我曾經將部分的親身經歷向一位法師述說，他的回應是我的精神狀態欠佳，結果出現幻覺、幻聽。最令我清醒、反思的是：「這對你修行解脫有幫助嗎？」當時我是呆了一下，真的，沒有幫助，執著事件的經過，真的對我一點好處、幫助也沒有。這樣卻令我想起佛陀一個譬喻，內容大約是有一個人受了箭傷，其時人們不是研究拔箭的方向及止血的方法，而是討論一些無關幫助救急、救人的事情，如箭的製造方法、弓的樣子……寓意指人們應該務實地修習能夠達到解脫的方法，不應該執迷於一些不能幫助解脫的旁支小節上，如熱烈地討論及研究佛學上複雜和艱深的名相及各家學說等。縱使成為佛學專家，卻到處跟人結惡緣、不能處理自己的情緒、意念等，到頭來也只是一名妄夫。另外，假若受傷這人因中箭而不停地埋怨、心生不忿，就猶如身中第二支箭般痛苦及愚蠢。

佛陀住世時對於一些執著於爭拗、辯論、沒有明確答案、沒有益處、超越人認知、不能幫助解脫的問題，統統不會作出回答，所以有「十無記」。

57. 附身 vs 奪舍

跟鬼類眾生相應或被附身的人如略施神通（鬼有他心通、天耳通等神通，因此被附身者也可能會擁有這些神通），就自詡是佛、菩薩或神，恐怕已嚴重「入魔」、中毒太深，被聲音、幻境干擾致神經錯亂難以自拔。不過，若不是該人本身帶有邪思邪念、甘心受縛、沒有正知見或企圖跟鬼神互惠互利，是不會被控制及口不擇言的。如果說要發瘋、打人、斬人、騙人、自殺等，相信我絕對有資格、條件和無限的藉口，只是我就是我，我是一個身心絕對正常及健康的人，何解我要變成精神病人？何解我要被擺布？何解不可以化解冤結？何解不可以彼此進步？何解不可以彼此放下及生活自在快樂？而我更不要把自己的問題拋給別人，凡事總有其原因及出路，只差是否想得到及有否勇氣站起來面對和承擔。

某密宗學者認為佛教容許修行人向鬼神求取小幫助，此等言論實為邪知邪見。

有極少數修行人在遇上神秘境界時，會以為自己修行高深、武功高強等升起驕慢心，其實不然，或許只是被無形眾生選上而已。被它們選上也「未必」是好事，因為將有更多的鬼魂來找幫忙（我就是例子），皆因它們實在太悶及無聊（它們說選上我是因為我會跟它們說話），也有的是太苦。一些如果沒有同理心、驚慌膽小、沒有正知見、不懂處理、不明因由等人，是真的有可能患上焦慮症、驚恐症等，甚至以為得了「思覺失調」。

與鬼相應

「奪舍」的性質跟「附身」不同，「附身」只是被影響、干擾、迷惑等，被附身者還是有決定最後一念、言行的意志；「奪舍」則是意志被奪去，做出一些不是他本人決定的言行。

在去不同道場那段時期，偶爾會見到一位媽媽帶著十多歲有智障的男孩前往。據媽媽透露男孩原本智力十分正常，直至有一天男孩在外遊玩回家，才變成仿若智障般兼有時會有行為問題。有一次大眾在拜懺，他竟能在不看經書的情況下，大聲背誦出差不多一百個佛名號。事後媽媽透露男孩原本的記憶力甚差，只是在出事後有時能背誦很多佛號，並表示曾經帶著兒子走訪不同法師及道士等。其中有人聲稱有很多靈體在兒子體內，致使兒子的性格及行為多變。筆者猜測那次兒子能隨口背誦一百個佛名號，根本是鬼魂控制了兒子的意識，而鬼魂擁有透視眼，也能看到旁邊人的經書，致使兒子的口在背誦。其實這次事件，就是在禮拜「第七部梁皇寶懺」時發生，在兒子背誦佛號前，我是聽到有聲音在說話。

58. 再度惹鬼

2017 年 11 月 9 日，我去了某寺參加大悲懺法會及晚上的瑜伽燄口法會，由於早一晚在凌晨三時多醒來後便不能再入睡，因此整個早上的頭也有點微痛。在法會開始後不久，取而代之的是我的心臟變成脹脹的悶痛，呼吸也不太順暢。由於我比較遲到達，因此沒有取得拜墊位，只能坐在椅子上念誦「大悲咒」及站著問訊。雖然我曾經嘗試利用經咒的音頻來減輕我的不適，

但是由於心不能專注，不適的感覺反來覆去，可說根本起不了作用。原本打算參加整天的法會，不適感卻讓我思考提早離開回家。之後念誦「變食真言」的時候，心臟居然慢慢減輕了80%的不適（五秒內），我又站著呆了，可能是心臟很久沒有這樣的不適，又或是我根本沒有聯想到無形眾生的影響。雖然最後心臟不再痛，但我也決定離去回家睡覺。

　　生活作息混亂、心態差、常吃垃圾食物、欠缺運動、常使用影響身體的高科技產品（虛擬世界的遊戲更容易令人陷入妄想、衝動及導致錯誤的價值觀），導致身體違和、抵抗力弱、血氣不通、精神欠佳，才是致痛及百病叢生的主因。

　　早兩天是觀音誕，我去了另一道場參加講座。到場後約十分鐘，腦內開始響起以前雜亂的幻聽，是真的聽到，不是後期需要由我翻譯出來的說話。之前一段日子，我訓練自己不翻譯心內的說話，通常在強行不翻譯的時候，心中也有一種滿滿、脹脹的感覺，這種訓練不是萬試萬靈，但是我的心真清淨了很多。正想著可以過回正常的日子，也嘗試過另一種生活，卻遇上這間磁場跟我相沖的道場。根據《靈魂的譯者》作者索非亞所言，無形眾生想讓我聽到它們的說話，我才會有「幻聽」的聲音，而我聽的是夾雜一些自我責罵、不善語，以及極度混亂的思想，令我極度詫異及輕微不安，也經常作出甩頭的動作。經過約半小時的騷擾，我的心、腦才慢慢地靜下來，之後也沒有發生任何怪異的事……卻在第二天早上，被一雙無形的熱手緊握我拿著手提電話的左手，於是我祈求寺院收留它們，心又再一次感到放鬆。

59. 靈魂離體實驗

　　之前看了一齣電影，內容講述五位實習醫生私自進行靈魂離體的實驗，結果腦部的細胞被激活，使他們的思考力及記憶力倍增，醫科的成績也得到快速的進步。在四位醫生「享受」完靈魂離體的體驗後不久，便逐漸產生幻覺及幻聽，開始看見第四度空間的鬼魂，四位醫生分別見到的鬼魂，也是跟自己最不想為人知的陰暗面有關。

　　第一位醫生在靈魂離體的經歷裏，享受到前所未有奇妙、暢快的感覺，之後便回憶起跟妹妹坐車時遇上車禍的情境。體驗完畢後，在現實世界的生活裏，她開始見到妹妹的鬼魂，原來那天遇上車禍是由於女醫生的犯錯，導致十多歲及有大好前途的妹妹死亡，所以妹妹對姐姐的仇恨心很大，最後女醫生是被妹妹的鬼魂掟下樓死亡。有人或許會說鬼魂並不能提起東西，因為它們是虛幻的無形物體，根本沒有能力拿東西。在人的世界裏，人類可以修煉得力大無窮，特別是在憤怒、保護子女的情況下使出無情力，為何鬼魂不可以？事實上，厲害的它曾在我面前慢慢左右轉動一張皺了的紙，卻被我毫不讚賞的出聲責罵說：「好叻喇！駛唔駛讚你？唔駛表演畀我睇！」另一次更厲害，是我激怒了它，它用力撞向我，令原本坐在梳化邊看電視的我，身子被撞得向後仰臥在沙發上，更因此嚇得哭了起來，所以憤怒的冤親債主或鬼魂未嘗沒有這能力啊！

　　第二位醫生是一位享樂主義者，在靈魂離體的經歷內，他在一個荒涼的城市裏駕著電單車，風馳電掣般開著。忽然在他

的身後出現了一位美女，他的態度是來者不拒一律接載，後來他們停下車，那位美女亦消失了。體驗完畢後，他在思考及記憶方面有極大的提升，但亦有靈異的事情發生在他身上，就是他經常見到那位坐在他身後的美女及一名小孩。原來在他年少的時候，曾經拋下一位跟他前往墮胎的女朋友，讓女朋友獨自承受及面對事件。他憶起這段往事後，鈎起對靈異事件的深度恐懼，於是尋找這位往昔的女朋友。他並發現往昔的女朋友當天並沒有把胎兒打掉，他的兒子就站在他的面前，之後他決定洗心革面不再吊兒郎當，承擔回他應該負上的責任。其實那個善良的美女鬼魂，是在提醒醫生過往所犯的錯誤，令他有機會糾正自己的不良習慣及行為。有人會質疑那個美女鬼魂的來歷及從何得知事件，以過來人經驗來看，這並非不可能，紅衣女鬼陪伴了我二十多年，期間在我身上發生的事，或許她比我更清楚。

　　第三位醫生在靈魂離體的經歷裏，看到自己隱瞞疏忽下導致病人死亡的屍體，以及一些令她感到恐懼的景象，亦幾乎令她不能清醒回魂，幸得其餘三位醫生救回。在體驗完畢後，她開始遇上一些奇怪、恐怖的情境及恐嚇字句，是那位病人的鬼魂向她索命。她一直不向院長報告自己疏忽導致病人死亡的事件，是因為害怕影響自己的前途。後來她在情緒及理智完全失控的情況下，自己一人單獨進行靈魂離體的實驗，結果令她幾乎死亡，縱使另外三位醫生及時出現搶救也救不回來。在接近死亡的時刻，第一位已死亡醫生的靈魂出現幫助她，最終她清醒過來，事件過後，她終於面對自己所犯的過錯並且接受懲罰，所有異事才告一段落。那個病者的鬼魂起初是來索命，在女醫生誠實面對自己的過錯並且接受懲罰後，便放下仇恨原諒女醫

生不再纏繞她。這故事帶出的訊息是「知錯」和「認錯」（兩者是極不同的：有些人深知自己是錯，卻仍虛張聲勢比人惡、企圖掩飾自己的錯，更遑論認錯，亦有些人「明知過錯、死不悔過」，知錯、認錯卻永不改過）。在真實的世界裏，很多時就是等待犯錯方一句「對唔住！」以息怒，可惜現今的人對這句說話越來越陌生，又或是毫無誠意地說：「對唔住囉！」其實一句有禮貌、有修養、有反省、真誠、發自內心的「對唔住！」有多難呢？

第四位醫生的畫面是她在高校時，因為一時的妒忌、自卑及憤怒，在網上發放同學的裸照，令該名同學受盡全校人的嘲笑；以及醫生在小時候順從母親的高壓要求及管制，盡力讀書迎合母親卻成績一般，因此經常受到責罵。這兩件事情令這位醫生的心理一直背負極大的重擔，感到十分歉疚及不安。在靈魂離體的經歷內顯現了她這些陰暗的回憶。體驗完畢後，她的思考力及記憶力被激活及優化了，讓她恍如變成另一個人，信心、勇氣及行徑也截然不同。她是唯一一個沒有看到鬼魂的醫生，因為她立即面對及處理自己的思想陰暗面，解除心中的壓力向對方真誠道歉獲得原諒，令她可以放下事件的內疚感。

最後一位醫生從來沒有參與靈魂離體的實驗，因他是最真實、腳踏實地、正義、不好高鶩遠的人，也是最安全幸福的人。這齣電影雖然未必反映真實之全部，但是也值得讓我們借來反思。

2018年

60. 劍指

　　這幾天窩在家中重看某電視台的靈異節目，2016 年初幾個月，是我人生中最無助、最驚恐及最憤怒的日子 —— 那年「驚不擇路」見到電視中的師傅能夠幫人驅鬼，於是便在睡覺前心中祈請師傅到來幫我趕鬼，不久後床尾的上空突然出現了一下亮光。由於閉上眼睛的緣故，我根本看不到是甚麼亮光，在張開眼睛的剎那，那個亮光同時消失。約半分鐘後，亮光再次在我面前不足兩呎燃起，這次我清清楚楚的看到，它像是兩把劍互相磨擦、碰擊的閃光，當時我對這個閃光感到十分疑惑，因為即使在打架，那也只是赤手空拳，哪來的劍擊閃光？後來我沒有再深思這個問題，因為這個厲害的無形眾生日夜纏著我，我到哪兒它就黏到哪兒，那些日子，我經常在想方法「激」死它，根本沒有時間想其它任何事情。

　　2018 年 2 月 13 日回看當天的節目時，竟發現內容提及師傅在作法時使用「劍指」，我立時為之一震，因為祈求不久後出現的兩次閃光，就像兩把劍碰擊時發出的閃光。我想「劍指」不是真的一把劍，只是打開某些渠道或佈陣的指法吧？我相信我也不是請到那位師傅，而是某個武功了得的鬼在跟我的鬼在打架，又或是我的鬼營造出來玩弄我的玩意。

　　其實不太贊同這類靈異節目，因為接觸鬼魂可以很危險，探靈更不是遊戲，所以不要隨便探靈、玩碟仙、養鬼仔、跟鬼溝通等，否則就是自尋死路，甚至可能連累他人，而我就是一個活生生的例子：在 2016 年 1 月時，記得一個坐在我床邊的長

髮女鬼警告我：「唔好再同某某玩，佢會累死你！」幾個月後我真的幾乎死了，幸好我人硬、命硬。

　　我不太明白師傅為何在節目上說那麼多，其實跟任何靈體溝通，根本不需要開口說話，只要心念已能做到，越說得多，只會令人覺得自己是精神病？或許我們真的是精神病，又如何？究竟是人們的「無知」是精神病？還是師傅的「好管閒事」是精神病？其實人人都是精神病，只是程度大小不同而已，大鑼大鼓開壇作法才可以接觸得到？是小看了鬼？還是小看了人？這世界有「需求」就有「供給」，人們喜歡看儀式就給他們儀式，實際上是：「可以不用任何儀式！」真的只是勸導、談判及請它離開就是。

61. 鬼的把戲

　　2018 年 2 月 23 日，去了佛教某弘法中心在尖沙咀街坊福利會、啟建的新春供佛齋天（簡稱供天）法會。啖口法會在下午五時左右開始，在法會開始前約 20 分鐘，站在台下、距離約 40 呎的我，看見台上一個東西在高速轉動，我不禁發呆的看著它轉動，數秒後，它慢慢的停下來，數小時後，我才有機會走近觀察它是甚麼。原來它是一盤用高腳玻璃碟盛著的四個蘋果，可以肯定的是那玻璃碟不能轉動，即使有人動手轉動它，也不會達到我見到的速度和暢順（如洗衣筒乾衣的速度）。我不知有否其他人看到它轉動，因為那時台中央沒有人，兩旁及台下的信眾也是背向台談話。

這讓我想起一次經歷，有厲害的無形眾生在我面前轉紙，那不是一張平直的紙，是一張搓成一團後再弄平的皺紙。因為我要把皺紙上的字抄到另一張白紙上，所以這張皺紙只在我面前一呎左右，當時家中只有我一個人，我的雙手是按著白紙，忽然發現那張皺紙郁動，於是我停手定睛看著它，看著它慢慢向右轉動，再慢慢向左轉動。我不禁衝口而出：「好叻喇！駛唔駛讚你？」（其實已讚了它叻，只欠拍手高聲歡呼讚美）紙張便不再轉動。今次想破頭顱也不明白它（四個蘋果）的轉動是甚麼原因，是所有人也可以看得到？還是它們影響我的腦袋，使我產生幻覺，才會看見它的轉動而其他人不會看到。

　　這令我想起 2016 年 4 月時被送進醫院的第一晚半夜（送院時間是晚上約九時），看見在我的病床四周也佈滿一些很奇怪的閃光，亦看見牆上一幅畫有點異樣，線條也有點彎曲，更有一把男聲不停恐嚇及威脅我，我相信那些現象只有我一個人看得見及聽得到，因此斷定那個轉碟亦只有我一個人看到。在被送進醫院約一星期前，有把男聲叫我從住處跳下去，說它會在途中接著我使我安全著地，當我不願意時，它又要我跳下去免連累家人，結果我真的聽從換衫準備跳樓，但是再經思量後反悔，就躺在地上像小孩發脾氣哭及「典」地，質問為何我一定要死。這當然沒有答案，卻為背上磨了幾處傷痕（那時我還有理智選擇穿工人褲，因為考慮過著地時衣服不會散開），幾經數月傷口才消失無痕。在送進醫院前約十天，有一把女聲說我是「大勢至菩薩」，我的反應卻是冷淡、自嘲、疑問，結果再出現一把男聲嘗試認証，卻受到我的質疑，稍後又再出現另一把男聲，指我未來會成佛要替我授記，我卻質疑它的身分及我的可能性，結果它大怒消失了。

2016 年 3 月，有一天我在某道場上佛學初級班，由於厲害的它不停說話騷擾我，為了確認它的真實存在，我用右手托起軟垂左臂的手腕處，用心念叫它托起我軟垂的左手掌，結果我的左手掌慢慢被托起至左前臂同一水平線，這個托起的狀態足足維持了五分鐘，我才叫它放下我的手掌。經第二次催促，兩秒後，我的左手掌像是被人斬斷般半秒跌下，實際上，那堂課我不大知道法師說了甚麼，因為我忙於做實驗。2018 年中某早上睡醒，我趴在床上賴著不起來，放在屁股旁的右手掌手指彎曲朝天，突然感覺食指被板直，之後再板直中指，我真的以為手指突然失控，雖然心中不覺驚慌，但也被嚇了一跳。2016 年 3 月中，我用心念叫厲害的它握著我的手，之後真的感到手中有一個看不見的東西，於是我用輕力握著它，覺得它有一種彈性，但是只要稍微用力握下去，它就會立即消散。

62. 白色飄浮球體

　　2018 年 2 月 26 日看了一齣電影，其中一個場景是一位東密的堪輿學家在山洞內超度遊魂野鬼，山洞外的同事則拿著手機拍攝山洞外的情況。他的同事突然拍到一大堆白色球體從山洞內飛出來。那些球體令我想起在 2015 年有次說不要施食時，感到一個球體從我的胃升上咽喉，再從我的口內飛走，由於那時是黑夜，我實在看不到它的樣子。在 2016 年某法會，我清楚看到一個白色球體，在我口內飛出再向橫飛走，那個球體的樣子就跟畫面中的球體極為相似，甚至可以說是一模一樣。這亦令我想起佛經《慈悲三昧水懺》中，悟達國師心生驕慢，之後

他看見一珠飛入自己的左膝蓋，後來就生了一個痛楚難當的人面瘡（請參閱《拆解宗教及人生（下）》〈《梁皇寶懺》的由來〉一文）。以上各事件，也有不謀而合的共通處，孰真孰假，讀者自行判斷吧！我卻開始疑惑：「我肚內究竟還有多少這些球體？」

63. 夢中被追

　　2018 年 3 月 1 日，是我「可以」踏入 46 歲生日的大日子，於是決定一連兩天去不同佛教寺院參加供佛齋天法會。在法會前一晚剛睡的時候，我突然感到自己身處在一個四周空曠無人的地方，數秒後出現了一個人形物體，我卻看不到他的樣子，那時我才知道自己身處夢中。於是我把意念集中在夢裏，它沒有跟我說話，只是不斷纏著我。那時我意識加強不時閃避，並且高速向後退，心裏想著不要跟它糾纏，於是坐在地上打坐，立時四周一切人、境消失得無影無蹤，可能是我的打坐功夫不夠，不足一分鐘，就感到它在我的面前再度出現，並且給它纏上。之後它問了我一個問題，在我回答它的問題後，我的夢也完結，是真真正正的失去意識睡著了。已經很久沒有再被扯進夢境或空間，真的有點不習慣，其實它想幹甚麼呢？不知道！卻留意到在一些特別的日子，我的生命也隨之賦予新的體驗，我不知道將要面對甚麼？之前的我，是對任何新的體驗，皆表示極度歡迎也感到輕鬆自在，但今天的我，卻掛上少許憂慮及不安，不過我還是會細細地思索、發掘和體會，也樂觀面對，雖然我感覺這將會是最後一次。無疑在這三年裏我體悟了不少

事物，也改變了我的人生觀及世界觀，亦為我的平淡人生，帶來了不少色彩及味道（五味架：「甜」絲絲、可憐我的心「酸」感覺、痛「苦」、同情我的遭遇令我的心臟位置有心「酸」的感覺、「辣」到火滾憤怒、「鹹」的眼淚）。由 20 歲中風起，我從未問過這個問題：「何解選中我？」……真的是幸運與幸福！感恩！但也未免有時太刺激！記得在 2016 年 3 月 31 日半夜，在夢中見到很多無形眾生，不久後，它們全部消失，卻在第二天晚上在夢中出現，並且指責我講大話。它們全部一起撲向我施襲，我卻氣定神閑的站著合十。那時在夢中的我是受了傷，但是在現實中的我，並沒有任何傷口及痛楚。只在 2015 年 8 月被扯心臟時，心臟真的一陣痛楚，以及在 2016 年初，紅衣女鬼向我告別後，從我的心臟打斜向右胸前飛走（我是清醒左側身躺著），原本不痛的心臟由她離開的一刻起痛了一整天。

64. 邊鬼個踩我？

　　晚上去了某寺院在午夜二時啟建的供佛齋天法會，當晚法堂中門大開，就是為了迎請諸天來臨會場，除了諸天收到虔誠、恭敬的大禮外，我也收到一份大禮，卻是尷尬、失禮和痛楚的。在法會進行中，由於心臟狂跳不適，我於是外出呼吸新鮮空氣。外出時卻忘記帶上外衣，到再次進場拿取時，在差不多離開滿佈經架的長檯、準備轉身向左離去時，膝蓋一軟向下彎，準備直起來時，感覺有人在膝蓋後踩上一腳，我就連人帶水樽飛仆在地上。由於水樽首先著地，因此產生巨響，令三、四十位師兄同時轉頭望向我，真是十分尷尬、失禮及騷擾！

中風初期由於維持身體平衡的小腦受損，因此走路有時會失去平衡致身體向左傾側或向右傾側，但日常走直路不會出現這個問題，只在急速轉彎時才會跌跌碰碰，旁人總是給我嚇壞。然而，一向幸運的我，在這二十多年來從未跌倒過，偏偏卻在這個寧靜、莊嚴、多人的環境裏出醜。雖然尷尬及抱歉，卻令我明白到老人家膝蓋無力跌倒，是那樣的淒涼和痛苦（曾經有一段時間，我連巴士車門那一級也無力踏上，要拉著車門的扶手扯自己上車；亦有一段時間步上三級樓梯或行走幾步平路，也必須站立一會兒喘氣），因為除了膝蓋著地的痛楚之外，亦可能會令胸口、腦部、內臟、腰背部等，像受了震盪般全身痛楚。假若骨頭脆脆真的會造成骨折、腦震盪及內傷。

經過一天頭痛、心口痛、周身痛的煎熬後，腦內居然變得寧靜，減去了大部分雜音及自言自語。在 3 月 3 日早上起來，視覺居然出現了久違的幻視（已差不多三年沒有出現；後來知道這是偏頭痛一種）。中風後一、兩年平均一個月會出現四次左右的幻視，每次只有兩、三分鐘，眼前的景象會像萬花筒般散開，隨著日子消逝次數大幅減少，近幾年已減至一年只有一至兩次，卻伴隨嘔吐及暈眩感。雖然每次也沒有嘔吐及暈倒，卻感到十分不便，然而今次卻是有史以來最長時間，大約十分鐘左右，雖然伴隨欲嘔及暈眩感，我仍一邊繼續做家務，一邊眼花花、頭暈暈。或許中風影響了腦內物質，如神經，以致 23年後出現一連串異事、神經及精神病，至於病痛、精神、鬼魂、冤親債主、性格、脾氣、言行、心態、意志、因果、惡業等，是有很大關連？還是由於我的腦部受創產生幻想、幻覺、幻聽，就由讀者自行判斷，但我自覺中風後的腦部生了新細胞，變得比小時候更聰明及記憶量增大。

65. 鬼是可惡的偷心賊

　　2016 年自覺患上輕微「事後創傷壓力症」，直至 2017 年我仍然未能走出陰影，於是繼續停止大部分的活動。2017 年下半年至 2018 年 3 月，我開始經歷及面對一些潛藏在心底的痛苦，如自責、自卑、內疚、羞恥等內在情緒，再加上間歇性的狂妄自大，結果精神及情緒被弄得高低跌盪、起伏不定，以及感到自愧形穢，直至 2018 年 3 月 1 日跌倒，之後整整一個月是病傻了，包括連環撞頭、跌倒及滾下樓梯，最後我投降了，承認自己的信心不足致心魔旺盛。

　　有些具有「他心通」的無形眾生是有能力竊取人腦內思想，以至追溯該人的心底秘密，如恐懼、憂慮、抑鬱、內疚、自責、失敗、羞恥、悲憤、自卑、狂妄自大等，再加深其感覺，情況就如同我在過去半年間的情緒被舞高弄低，雖然未有牽起大漣漪致陷入死角轉不出來，但也不免帶來片刻的沮喪、疲倦和無力感，也包括面對自己的醜惡和陰暗面時的痛苦和難過。鬼亦能傳送一些畫面到人類的大腦，一些貪欲重的鬼，就是喜歡附在貪欲重的人身上；同樣淫欲重的鬼，就喜愛附在淫欲重的人身上，因此生活儉點、少欲知足、身心健康的人是最安全和幸福。無形眾生不一定以恐佈、邪惡、嚇人、具威脅性的形象出現，讓人感到驚慌、害怕及想脫離，也有令人覺得甜絲絲、溫馨、喜悅及歡樂的感覺，當遇上這個情況，反而是讓人最難分辨正邪及抽離，其實這時已著了魔矣。

66. 打坐中靈魂離體

　　近期閱讀了西方十數本關於靈魂、靈異、靈性的書籍，閱讀期間令我想起以下這件事：話說有次在某寺佛七的時候，在止靜時段合眼打坐見到幾位無形眾生（下稱鬼魂）在附近，那時止靜剛開始不足一分鐘，突然看見在我面前兩寸左右有一個頭影向後撤退，接著看見幾位鬼魂在它身後，我便用意念叫它們一起打坐，之後問它們吃了東西沒有，它們一起望向我答「未呀！」及後便一起飛向佛枱有所動作。

　　當時我的意識想要追上它們勸告再等一下，卻想不到「我的靈魂」同時飛出，在飛出一、兩秒後，「我的靈魂」曾經回到背向佛像、佛枱的肉身之內（剛看完背後的演示軟件螢幕，一般是不會背向佛像打坐），並輕微調節屁股。之後「我的靈魂」再次飛到其中一位鬼魂的身後，對它說要等一下。那時它們轉頭面向「我的靈魂」，之後就四散飛走。只記得那時候「我的靈魂」浮在離地數尺的高度並呆了數秒，之後意識才懂得運作。

　　經過思量、計算了一會後，「我的靈魂」說「供養」它們，它們竟一起回頭答道：「好呀！」語畢它們便一起飛到我的肉身上掛著。「我的靈魂」又再呆了一下，因為它們的動作並不是我所預期的反應。之後「我的靈魂」才無奈地慢慢移回肉身合體，隨即它們的重量令我的坐墊輕微下陷。之後我發脾氣大叫：「你哋好重呀！」那時身後傳來一聲斥喝，隨後眼前出現紅色的面孔及關刀，再看到幾位鬼魂飛向兩旁坐椅。由於我的普通話不甚好，乍聽發音真的不知道在說甚麼，直至看到紅色

的面及關刀，再看到它們飛向兩旁，才能拼出普通話「兩邊坐！」的句子。隨後再看到一把關刀押走兩個仍在我身上的鬼魂。

事情發生得實在太快及太急，我根本反應不過來，更何況我從未想過會出現這個情況，所以半丁點心理準備也沒有，更甚是此刻才聯想到是關公。之後「我的靈魂」飛到道場的中央跪拜，其後我覺得止靜差不多終止，便把「我的靈魂」收回到我的肉身。在我看到「我的靈魂」飛向我的肉身時，飛到一半居然又向道場中央向後倒退，於是我又要「我的靈魂」飛回我的肉身，情況就像有一股無形的力量跟我較量，我不知道是甚麼原因造成這情況，直至現在我還未弄清楚。其實當時的情況頗「有趣」，因為道場內兩旁坐著大約七位、面向我的法師，我不知道擁有陰陽眼的法師有否看到這個「有趣」的畫面。因為從頭至尾我完全忘卻四周的人事物，心念十二分集中，那時是大眾止靜打坐時間，照理法師也是合上眼睛，而我所說的「有趣」，是因為「我的靈魂」來來回回飛了大約七次。在最後一次「我的靈魂」飛向我的肉身時，法師的敲磬聲響起，我才能成功把「我的靈魂」融入肉身，並且繼續進行餘下佛七的法會。

在眾多的怪異及靈異事件之中，就只有這件事令我感到詫異及出乎意料，因為以為人在接近死亡或已死亡才會靈魂離體，因此實在不太敢相信那是真的。另外，「鬼魂」是絕對有重量（能令我的坐墊下陷）、有形（稱呼它們為「無形」眾生，只是相對我們這個「有形」的世界而言）、有質（它們恍如輕煙，能夠剎那分散亦能夠剎那聚合。厲害的它曾經把手放進我的掌心，是真的感到有一個物體在手中，輕力按下去會感到彈性，

與鬼相處

但是只要用一丁點的力，它的手就會散開）。其實除了道場之外，通街也是鬼魂，只是我們「幸運地」看不到而已。人不犯鬼，鬼不犯人，只要以「平常心」看待一切眾生即可，它們跟貓、狗、昆蟲等也是其中一種眾生，同樣需要尊重，但是也不用刻意幻想、介懷、害怕、驅逐、敬畏它們的存在，否則人會得「精神病」，這叫「疑心生暗鬼」、「自招麻煩」。人在偷呃拐騙、奸淫擄掠、邪思邪想、燈紅酒綠、貪得無厭時，就容易招徠「有形」與「無形」的非善類眾生；相反活得光明磊落、問心無愧、積極樂觀、意志堅定、少慾知足等，就會吸引同樣帶有正能量的「有形」與「無形」眾生，身心亦會康泰，「有形」與「無形」的非善類眾生就會遠離你。

67. 西方靈媒的發現

最近閱讀了約十本西方人對靈魂看法的書籍，當中包括學者及一些知名、有親身接觸靈魂的靈媒。他們均認為所有人都有一位上帝派來的「指導靈」或「高靈」（高等智慧的靈），只是我們並不察覺指導靈的存在。而在投生這個世界前，我們已在另一次元跟其他的靈體，包括自己的私人指導靈，一起計劃自己下一生的「生命藍圖」（通常會選擇最有興趣經驗和需要學習克服的事來規劃，如家庭、愛情、事業、健康、財務、性取向、婚姻、子女、靈性和生命的長度等各方面），以提升及修煉自己的靈性（即可自己設計貧富、精笨、健全缺憾、坐監、殺人、患絕症等給自己下一生體驗），還與指導靈立下神聖的約定，請它們在我們每一趟的肉身之旅，提供指引、諮詢、看顧、

保護及幫助，在日後回歸（指死亡）到另一次元可以跟其他靈
體（指親朋戚友）團聚，之後再返回地球，繼續經歷未學習到、
有興趣的「地球課程」。西方人認為這就是人類不斷在地球「輪
迴」的原因，每次輪迴也是一個學習的過程，好讓靈魂更強壯、
靈性更高及圓滿。

在國外，有些西方靈媒為人算命以改善他人的生活質素，
甚至救人一命。一名在五歲起認識自己指導靈的知名靈媒「蘇
菲亞·布朗」，稱她所有助人的資料都是「透過」指導靈（她
是一位在公元 1500 年死亡的印加女士）來傳遞，並非來自她擁
有未卜先知的能力。由於她在年少時對此抱有懷疑，便學習催
眠術以進入求問者的潛意識，探索存在每個人深層意識內的寶
貴心靈知識（催眠術是在催眠師的引導、暗示、詢問下，令被
催眠者一步步喚醒自己心靈深處的記憶，以幫助了解及治愈其
心理或身體疾病，一般進入了深層催眠的被催眠者在清醒後，
也會對其在催眠過程中所透露的資料毫不知情）。

她認為所有的指導靈，至少都有過一次肉身的經驗，所以
它們能夠理解人類世界無可避免的問題、錯誤、誘惑、恐懼和
脆弱，而她的指導靈在公元 1500 年時是人類，死後成為在地球
畢業的高靈性智慧指導靈，隨著時代日月變遷一直活在二次元
空間。將來我們也可能是某某人的指導靈，不幸的是，我們在
地球之旅中對藍圖失去了有意識的感知，以致傾向在設定的計
劃外圍游移，指導靈的工作就是幫助我們重回預定的人生軌道。
指導靈不會干預我們所做的選擇或剝奪我們的自由意志，只會
提供可能的選擇及警告。然而並不是所有人也如這位靈媒般，
可以直接聽取自己指導靈的提醒，而是透過潛意識，有時則是

透過夢境來告訴我們，在我們需要幫助的時候，也可以主動及清晰的向指導靈發出訊號，請求它的協助、建議和保證。

　　這位靈媒亦提出「靈魂」跟「鬼魂」的分別，就是「鬼魂」是一群不知道自己已死亡，或仍然執迷、徘徊、停留在我們次元的靈體，「靈魂」則是已經接受自己肉體已死亡，並且已超越至「另一邊」，之後再回到我們次元的靈體。在她來說，她看靈魂就像透過一層蠟紙在看它們，也像戴著耳塞聽它們傳遞訊息，靈魂亦擁有自由來去不同次元的能力；而另一次元的靈魂世界其實就存在我們之間，是一個「浮貼」於我們世界次元之上的另一個次元，在地面水平大約三呎高的地方，所以靈魂是飄浮在地面，因為那正是它們的地面（有位台灣靈媒曾指出靈界比我們的空間略高，那就是我們看不到鬼腳的原因），靈界的震動頻率遠高於人類，因此我們無法感知它們的存在，部分靈媒則擁有上帝賜予接收廣闊頻率的能力，因此能夠跟靈界溝通。

　　這位信奉天主教的靈媒指出「神」在創造我們的靈魂時（神創造萬物，包括山河、禽畜、人、靈魂、疾病、災難等），就已經是「完全」演進（演變進化的意思？）了，我們是它的一部分，就像它是我們的一部分一樣，所以它一直和我們在一起，而神在創造靈魂時，賦予每個靈魂寶貴的自由意志，我們的墮落是因為我們不相信神、離棄神、不聽從神的旨意而行，縱使如此，神亦沒有放棄那些背棄它的靈魂（即是沒有放棄人類，稱為黑暗存在、黑暗靈魂），而是把這些黑暗靈魂（或人類）交付給撒旦（即魔鬼，撒旦原是上帝創造出來的天使，只是它們後來墮落了，妄想跟上帝比較大能，於是處處誘惑人、試探

人，好使人犯罪悖逆上帝）照顧。靈媒亦指出另一次元其實跟我們次元一樣，擁有創作、哲學、音樂、醫學、工藝、科學等的空間，透過心靈感應、夢示等，將這些知識和技能傳送給地球上有意願、技巧、天賦和熱心的人類，透過人類將這些發明及創見成為現實（意指神用泥巴創造肉身的人類之後，把在另一次元創造的靈魂注入這個肉身，讓人經歷和學習靈魂設計的「地球課程」，來提升靈魂的靈性及測試在另一次元創作的科學概念等）。

鬼魂及靈魂的定義是否如靈媒所言，真的不得而知，不過，我在中風前見到的紅衣女鬼、合眼打坐中見到的鬼，它們的身體也是十分清晰，只是不見容貌。其中一位飄浮離地三、四呎坐在半空，其餘的站在地上，亦有在空中飛過。而在中國擁有陰陽眼的人，他們看到的鬼魂影像有時朦朧，但大多數是清晰如普通人，因此他們有時也難以分辨人與鬼魂。當我睡眠時在我耳邊稱呼我的名字，以及警告其他鬼魂不要前往參加法會的聲音，卻是十分清晰以至我立刻醒來。我不知道是甚麼靈的聲音，起初聲音十分模糊，需要厲害的它重複轉述。在 2016 年 4 月底在醫院時，信息改在我腦內清晰直接傳遞，我在吃了精神科藥物後第二天起，這聲音逐漸變得模糊。之後縱使繼續服藥，又再變回清晰的聲音在腦內傳遞（醫生需要不停加重及改變藥物成分的原因），在停藥後則變成心靈傳遞，需要由我翻譯出來（有些患者在停藥後會變回耳邊聆聽或腦內傳遞訊息，因此不能停藥）。

到底是指導靈、鬼魂、靈魂、好鬼、壞鬼、魔鬼、幻聽、幻覺等，東、西方也有不同的看法，宗教界亦有其獨特的見解。

據說這位知名靈媒，在晚年的言詞開始失準、行為改變。除此之外，很多靈媒也在晚年出現精神錯亂、神智不清、雙重人格等，這不禁令我想起曾經請教過一位法師，她認為筆者現在能夠自我控制及分辨鬼言鬼語似的幻聽、幻覺……，也難保在晚年身體虛弱、意志力減弱時，行為及精神狀態會受到影響。所以聖嚴法師指出不要「役使鬼神」，也不要被「鬼神役使」，因為靈媒的陽氣難免會受損，甚或他或她的精神、意志有被侵的可能。附身的鬼在離開靈媒後，靈媒便沒有了鬼給他通風報信，當然會言行失準啊！但就有些「過時」的靈媒為了繼續享受名利等，不得不繼續發揮其「先知」本色。

中國儒家孔子言，「子不語怪力亂神」及「未能事人，焉能事鬼」，意指要敬鬼神而遠之及照顧好身邊的人際關係，如照顧好父母長輩子女、朋友同事間和諧相處等。即是人也搞不好，學甚麼人搞鬼。

西方學者自十九世紀至今接觸眾多案例，認為靈魂離體始於瀕死、腦部缺氧時，平時一般見鬼是幻覺屬腦部疾病，如神經性腦病、精神性腦病、腦部損傷、創傷後心理障礙等，有些腦傷患者甚至會產生自體幻覺，即看見另一個一模一樣的自己，意識、視覺等在肉體跟分身間會輪流轉換，但隨著腦部康復，以上的幻覺也就越來越少。

68. 精神病還是鬼整？

2019 年 5 月，這個月突然想起很多年前發生的一些怪事，那時我認為自己患了很嚴重的抑鬱症，但有時又覺得自己並不是那麼嚴重，總之就是覺得自己很奇怪，那時腦海好像脫繩馬騮一樣不受控制，但我又很清楚知道腦內轉動的內容，還可以分辨是非對錯，不時約束、控制自己的言行，就是感覺內心好像有一股正邪力量在鬥爭。

（一）衝出馬路

二十多年前約有大半年的時間，每次站在路邊等過馬路時，汽車快將駛近，內心總有一股衝動衝出馬路，又或腦內有一個被車撞的畫面，那時我就會立即向後退站在人群後，又或控制自己雙腳釘在地上不動。

（二）捉姨甥落街

二十多年前約有大半年的時間，每次見到幾歲的姨甥到訪家中，內心總有一股衝動想把他捉落街，每當這個時候我必定離家外出。

（三）腦內罵人

二十多年前起直到 2015 年初，每當我跟人談話時，腦內或內心總是在咒罵眼前人，雖然我不會跟隨內心的感覺去咒罵他

人，但開始變得不太喜歡跟人談話，因為精神很難集中，有時真的不知道對方在說啥。

（四）自言自語

二十多年前起直到 2015 年初，每次當我獨自觀看電視節目時，腦內總是出現咒罵自己的想法，口中亦隨即吐出惡言（如「咁多人死唔見你死！」之類），通常在咒罵自己一、兩句後，我就自覺到自己的痴線言行而閉上嘴巴。

69. 外星人體驗地球生活

　　臺灣盛產「真假」通靈人，2020 年 3 月，在 YouTube 看了一條通靈人兼催眠師（下稱老師）替一位女士催眠的片段，原因是「無神論」的女士覺得有位「保護神」在她身邊，以及希望知道自己的靈是甚麼、來自何方。催眠甫開始女士身體便開始搖動，老師之後逐步引導女士自己向扼著她脖子的「保護神」發問，隨後女士亦看到或感到「保護神」的動作，清楚地表示「保護神」在扼著她的耳朵，而距離女士約十呎的老師，則十分忙碌地處理自己的事項（包括在吃飯）。後來女士認識到保護神是不會扼著人的脖子及耳朵，明白到那並不是她的保護神，而是附在她身上修行的「鬼」（女士覺得她跟地藏菩薩十分有緣，因此經常讀誦《地藏經》，其後女士明白到是「鬼」化成地藏菩薩的模樣誤導她，而不同宮廟的人在過往亦不時誤導或欺騙她），之後女士便請「鬼」回到原來的地方。她隨後往洗手間嘔吐三分鐘。

　　在「鬼」走了之後，老師詢問在催眠中的女士來自何方，女士於是開始回憶，之後她看到雲中有光線的畫面，並表示自己身處在雲之上及看到一團黑色的東西，對於這個畫面不知所以的她，央求同樣看到畫面的老師告知她的來處，隨後老師表示她是來自另一個星球死去的靈，外星靈後來聲稱（也是女士在說話）它投胎到地球的目的，是為了體驗地球的生活及生命（以下用「外星靈」或「它」代表）。因為在它的星球裏並沒有男女之別，也沒有生病、死亡、細菌、高低階級之分，女士

並不是它投生的第一生，而是不斷輪迴的第 96 生，它聲稱自己的體型是一圈圈，來自地球人仍未發掘、觀察到的星球（當問及星球的名字時，女士的頭部以奇怪的角度轉動）。外星靈的一些同伴覺得地球很美、很漂亮、很美好，對很多東西也感到稀奇，亦對人類很好奇及羨慕，於是它獨自一人來地球體驗生活（未有說明是在生或死後來地球入胎，老師認為它是死亡後的靈來投胎，外星靈則表示它的星球沒有死亡，而在回程時會把在地球上體驗的資料帶回星球），投胎成為人後它覺得地球人很殘忍喜歡自相殘殺，期間它接收到它的星球向它發出訊號要接它回家，認為它在地球逗留得太久。

期間直播室四次接收到共約一分鐘的高頻訊號，外星靈告知那是飛碟在飛的聲音，它亦希望跟隨飛碟離去不想再輪迴。老師見到女士的臉色有點發黑轉變，便指出它在地球上仍有責任，不希望它就此離去，表示更害怕女士死在直播的途中，而坐在一旁靜待的女兒則不斷哭泣，高叫媽媽不要走，經過數次這樣的角力對話，老師便中止直播喚醒女士。而整段影片的部份內容是有剪接的痕跡。

看畢沒有太大感覺，既不覺得靈異，也不感到新奇，因為自己本身也有很多奇異的事，而且世界太多無奇不有、仍未為世人認知的事，就只是有些人的性格及行為，也足以令人大開眼界、不可置信的愕然，只是影片引發了一大堆問題，真？假？信不信？可信程度有多高？真又如何？假又如何？哪裏造假？怎樣造假？催眠是甚麼？誰會得到利益？甚麼利益？對觀眾有甚麼啟發？

信不信？真或假？並不是根據個人的經歷、邏輯、感覺、先入為主、片面、主觀來決定，更不是由他人或群眾的主觀、意見人云亦云來決定，是由整體性、多角度、客觀証據來印証影片內容，如綜合不同地方靈媒的觀點、個案，互相聯繫、判斷、推敲其可信的程度及真偽。

　　現今新聞、影片「真假」內容互相滲透，以混淆大眾視聽及提高其可信性的現象下，更有必要小心求証。

　　記得在〈臺灣的宮廟文化〉一文中提到，自小擁有陰陽眼的翻譯者「索菲亞」表示她看到鬼附在人身上致病，她治病的能力是來自一位已逝去多年的「醫靈」轉告。在〈西方靈媒的發現〉一文中，靈媒「蘇菲亞‧布朗」聲稱她所有助人的資料，是透過一位千多年前死亡的「指導靈」來傳遞，而很多擁有陰陽眼的人亦能看到四周有很多鬼。筆者認識一位中學女生及其媽媽也擁有陰陽眼常見鬼。我亦曾經見過向橫快速飄過的紅衣女鬼，也有很多鬼附在身上。台灣某靈媒指出鬼的空間只是略高於人的空間數呎，蘇菲亞‧布朗認為指導靈的空間只是高於人的空間三呎左右，而在這位女士的個案中，她起初也以為身上的是她的守護神。其後她感知到保護神扼著她的脖子及耳朵，透過腦波跟靈溝通才知道是一位跟隨女士修行卻「扼著她頸項」的鬼靈。

　　女士如何感知鬼的動作及如何跟鬼靈溝通？通靈人跟鬼靈的頻率相接通，就能接收到「醫靈」、「指導靈」的指示，也如我聽到、感知或看到靈魂一樣，只有當事人才能知曉，是一

種心靈傳遞、腦內聽到或看到的感知。蘇菲亞・布朗自小認為跟她溝通的是指導靈，透過這位女士的個案及其他靈媒提供的資料（如空間的高度、顏色、年齡、溝通模式等），可以懷疑蘇菲亞・布朗的指導靈也是鬼靈，是一位帶有善意或非善非惡的鬼靈，而「扼著女士頸項」的鬼靈，則是帶有惡意最終願意離開的鬼靈。根據索非亞替人治病的個案，她認為大部分患者只是身體器質上變壞或心理引起病變，只有少部分患者是由鬼靈致病，當中再有極少數的鬼靈帶有惡意附在人身上不願離開（即是惡鬼、壞鬼、衰鬼），我亦認同索非亞的觀點，有些鬼根本是在胡謅瞎說，令人難於分辨真偽、頭腦混沌、精神錯亂。

我若完全相信自己腦中的說話及畫面，應該衝了出馬路被車撞死幾次、殺人幾次、跳樓兩次。

後來女士看到雲中有光線的畫面，這個畫面我在 2016 年時見過（亦令我想起〈遇上前世修行人〉文章中那位女孩及一神教的耶和華、神、上帝），伴隨有聲音說我是從天上下來，對於這個說法我從未在意，亦早已忘記。觀看了這個影片後，只是「哦」一聲，我也是來自外星又如何？我不用死？不用病？不是人？沒有父母、子女、丈夫需要照顧？不用憂悲苦惱哀？不用為五斗米折腰？外星人又如何？有特異功能？我不會比任何人優秀，相反我比很多人更多病痛、經歷淒涼及路途崎嶇。如果在這一生，我能夠照顧好父母、子女、家庭，少點糾結、少點紛爭、少點貪欲、少點執著、身體健康、快樂無憂，亦能令身邊人開心快樂，對世界多一點認識，對人類多一點貢獻，做個奉公守法的良民，於願足矣！

影片中女士來自外星的說法及我的說法並不足信，因為只有二人經歷，可以視為虛構，影片中高頻的訊號也可以作假。外星靈提出離去時令女士臉色驟變，女兒在旁哭泣、老師表情及語帶驚恐等，一切也可以作假，因為影片由始至終也是影著女士的背部及老師的正面。除了看見老師在催眠女士期間處理自己的事務之外，就只有突然響起的高頻聲音及老師跟女士之間的對話。在外星靈透過女士講述自己星球、用腦波直接連結自己星球的部分，全部也可能是虛構、造假的內容。不過，外星人體驗地球生活這話題，又跟蘇菲亞・布朗的論調有點相似，因為信奉「天主教」的蘇菲亞・布朗認為人在投生前會為自己的一期生命設計「生命藍圖」，目的為讓自己體驗地球生活及提升靈性（包括設計自己殘缺、患上絕症、家破人亡等不幸）。

2021年

70. 鬼整的痛

　　這些年一直不理不睬、不翻譯心中說話、不專注身上感覺，終於在 2021 年 1 月中給我破格了。那晚躺在床上準備睡覺，左後腦的神經一直很痛很痛，痛得最厲害時，我去品味那個痛，然後想起 2015 年愛貓肥仔死那天耳後神經也是很痛。兩次的痛楚竟有點相似，想著想著，忽然感到全身有被慢慢扯出的感覺（身體並沒有移動啊！）當下立刻閉上眼睛專注那個感覺，隨著它逐漸離開我的身體，左後腦的神經痛竟逐漸消失。這種感覺似曾相識，就是第一次禮拜梁皇寶懺時，覺得左心口有東西飛出來，心口的痛楚亦隨即消失（想到那時眾人伏下跪拜，我則鶴立雞群站著默默流淚）。數天後準備睡覺，左後腦神經又再痛起來，便沒好氣的說：「唔好搞我個頭啦！去心臟吖！」它居然十分合作從頭慢慢下降到身體（真的感覺有東西在體內慢慢向下沉），頭痛也就消失。

　　在〈第七部《梁皇寶懺》〉一文中提及過，有一位師兄在一尊石雕的觀音菩薩像中見到另一尊合十的觀音菩薩像。假設人的身體中有一個無形的自己跟肉身重疊，這個「另一個我」同樣有心跳、思想，「另一個我」基本上受制於肉身，越「迷」的人越受牽制，越不覺得身體內有「另一個我」。而這個「另一個我」就是在我昏迷時離體抓著天花牆角的「靈魂」，「靈魂」不是一團意識體的存在，是真真實實的人形模樣跟肉身重疊的狀態，所以我在肉身心臟同一位置被抓出無形心臟，也在打坐時肉身坐在墊上，靈魂卻飛了出來，而睡覺時感覺被向下扯往地獄，被扯的也可能是靈魂。

這個聽話的它是另一個在我身體內的靈魂，雖然它弄痛了我的頭，但也十分合作地下降到心臟，縱使之後有時會感覺心口輕輕的痛。我曾經見過鬼轉紙，也曾經被鬼撞飛，亦聽過鬼抓牆，我確信以前在我體內的紅衣女鬼有能力用手揸痛、抓痛我的神經，直至紅衣女鬼道別離去後，我的心口痛立刻驟降九成。我亦相信鬼在人身體內會阻礙血氣的暢順與運行，所以當它們附在我的腳時關節會痛，中醫有云：「通則不痛，痛則不通」。

以上只是筆者根據經驗的猜測，沒有科學數據不足信矣（這是大部分人的處世態度）。另外，有仇有怨的鬼固然會揸死、扼死、抓死仇人，沒仇沒怨的鬼知否它們附在人身上會弄痛及令人生病？

其實在紅衣女鬼飛走後，原本心口由日痛夜痛天天痛，變成大概只是以前的百分之一，大幅度減少，甚至可以說是沒有痛，即使有痛，也只是因為手挽十多公斤重物（兩、三包貓砂）、背負千斤重袋、喝咖啡或茶，才造成心口有輕微的痛楚。

71. 通靈師

在 2021 年 3 月中，我看了一齣關於世界各地通靈師的電影，其中最吸引我的是一位西方男通靈師的片段。話說一位說能英語的中國女孩想透過男通靈師尋找一位已過世的親人，隨即男通靈師知道女孩想聯繫她的祖母。經過一段通靈感應的接觸，

男通靈師突然變了女聲，並且用客家話責罵女孩，而這位男通靈師本來只說英語的。原來是說客家話的祖母的靈魂上了男通靈師身，埋怨孫女在祖母自殺（跳樓？）後沒有替她做法事，令她死後生活不好過。女孩此時哭泣不已，並且詢問祖母為何自殺。原來是祖母厭病選擇絕路，之後祖母的靈魂便離去。

「可信程度極高！」能夠想像一位可能只懂說英語的西方男通靈師，以女性長者的腔流利說著連我這個中國女子也聽不懂的客家話？他除了說出孫女的乳名之外，更是連珠炮發的責罵孫女，那種速度、神韻、疼愛又埋怨的語氣，不但讓孫女哭了，我也哭了。這種尋找已逝親人的通靈者，能令在世的親人解開謎團及放下心頭大石。曾幾何時，有聲音要我做「問米婆」幫助它們，還要我去找香港一位知名的女問米婆拜師，卻被我斷然拒絕。因為我要「秒秒鐘由自己作主」（在台灣一個很大的佛教組織的已故開山大和尚，就很強調這一點，以前常思考這句說話的含意，心想哪一秒、哪一句不是由自己作主呢？到了這幾年我才能深深體會這句說話的含意），意識、說話、行為不能被任何靈操控，縱使被傳送畫面、說話，我亦必須分辨真偽、對錯、現實幻覺，不能以此作為藉口胡言亂語、胡作非為，破壞自身、社會的道德及法律標準，影響自己及他人。

束、西通靈師對決

劇組邀請上面那位西方男通靈師到香港跟上面提及的東方香港知名陰陽眼問米婆切磋，甫開始問米婆在不知對方也是通靈師的情況下說出男通靈師的家庭情況，指出男通靈師有兩位父親，之後男通靈師的母親靈魂上了問米婆身，說出自己在男

通靈師七歲時逝世（之前男通靈師堅稱母親在他六歲時身亡）、男通靈師的父親仍在世並另組家庭，再訴說自己死時沒有棺材，只有被一塊白布包裹及幾朵花陪葬，後來更指出男通靈師有通靈的潛能。

　　西方男通靈師事後指東方問米婆背後有一個沒有肉的魚形骨（劇組指在寺院能看到也提及名稱，我卻忘記了）及一隻狗靈在幫助她，並且指出問米婆是靠三隻雞蛋、魚靈及狗靈得到啟示，至於母親的資料則是亡母親自告知，更表示問米婆的能力比自己高強，後來男通靈師突然很頭痛，原來是被傳送母親死亡時被白布包裹及幾朵花陪葬的情境。

　　透過西方男通靈師的說明，東方問米婆一向以為得到觀世音菩薩及齊天大聖在背後幫助，其實是魚靈及狗靈，顯示靈有幻化、模倣他人的能力，更印証了靈魂能傳送畫面到人的腦海。男通靈師除了擁有讓鬼上身的能力，也可能擁有陰陽眼（沒有透露），或亦有一個靈在他身後告知他關於問米婆背後助靈的事，至於那個是甚麼靈，真的不得而知！男通靈師則對於能夠出席母親的葬禮感到很安慰。

　　提起被鬼魂借用、傳送畫面或說話這問題，台灣的蘇菲亞每當借身體給鬼魂使用時也會想嘔，之前〈遇上前世高人〉一文中被警告的女孩，跟男通靈師被傳送畫面時則一樣都是突然感到很頭痛，而我在2016年某日被傳送畫面時，卻絲毫沒有感到頭痛，只在有聲音說要進入我身體內捉鬼。它在我頭部進入時，我感到鼻樑赤痛；進入我頭部觀看我以往的事時，我的眼

珠會左右高速轉動及感到腦內有翻書、播放電影的感覺。記得有一天，我在心裏詢問為何我不會想嘔，它答我：「你係咪想試下？」我隨即回答：「唔係！」但太遲了，想嘔的感覺突然升起，嚇得我連番說「講吓咋！唔好玩！」當然，這齣電影亦有配音、作假做戲之嫌，信不信由你！也只有劇組及戲內眾人才知道真偽。

72. 鬼姦？

原本不打算透露這段經歷。事緣在 2021 年 4 月 1 日簽訂出書合約那天，出版社推薦我閱讀《24 個比利》，那天除了是愚人節，更是某著名歌影紅星帶著問號自殺的死忌。翻閱《24 個比利》這本書勾起我的回憶，心中除了升起一個「感嘆號！」之外，不禁「唉！」一聲，我真的不想再被扼頸。

31 歲時（2003 年），跟丈夫分了居，家中只有我和女兒，在正式分居的第二個或第三個晚上，本來嚴重失眠的我居然一覺睡至天亮，但是睡醒後的感覺，除了像被人下藥昏死之外，也感到下體十分痛楚，像是被人多次強姦的感覺，由於之後忙於接送女兒上幼稚園也就忘記了。可是一天、兩天、三天過去，每晚昏迷後醒來也是如此，就忍不住詢問分了居的丈夫，他否認而我亦相信他，情況大約維持了兩個星期（絕對不是陰道炎，我能夠清楚分辨二者，這個痛楚只在每朝睡醒後出現一段短時間，日間及晚間則沒有）。之後我也忙於照顧女兒、吵架及中

醫調理身體，慢慢就把事件給忘記了。之後家中常有一陣寒風在我身邊吹過，及後發生鬼在天花板左右叫我「喂」事件（請參閱〈靈異事件〉第二點）。

除了勾起這段回憶，也勾起了我及比利的經歷或會被人引用來作為抗辯的法律問題。在《24個比利》中，比利被體內其中一個女同性戀鬼魂借用身軀強暴女孩，而比利的意識在事發時正在體內沉睡，事發及醒後均不知道自己犯了強姦罪，在多位精神科醫生作證下以精神錯亂判了無罪。假設真有罪犯引用我的經歷及比利的案件作為抗辯理由，首先我得告訴你，你並沒有那麼「幸運」得到體內眾多鬼魂要你的意識沉睡來保護你。我相信如果你體內的鬼魂是你的冤親債主的話，它們是「絕對」不會走出來為你作證，恐怕是想你坐監吧？又假設你的意識在體內是清醒的話，你是「絕對」會知道自己的軀體正在犯罪，而你的意識卻不加以控制及阻止這個罪行（如察覺、判斷後再堅定的告訴自己這是不應該做的行為及想法），是因為你的意識也傾向有犯罪的企圖、意欲，更何況「沉睡中的比利」能聽到聲音在跟醫生討論自己？而我在醫院時腦內有聲音要我打護士，我也沒有遵照「腦內的聲音」行事，並且告知它那是不應該做的行為。多次欲捉姨甥落街的衝動，我亦是沒有遵照「腦內的意識」行事。因此請不要「自作聰明」引用我們的例子作為抗辯的理由，遠在他方的比利及一眾律師、精神科醫生當然不能為你作證，我也只會強調你的意識是能夠知道自己正在犯罪，而你的意識中亦蘊藏著造惡的種子，你和體內鬼魂的價值觀有嚴重問題，更適宜送進監獄反省及再接受思想教育。

至於一些被借用身體犯罪而本人並不知情的人，如有嚴重夢遊症，我相信應有多位證人及精神科醫生為你一早已有的夢遊作證，所以亦不用擔心，相信在夢遊下犯罪的案件極稀少，夢遊者亦離不開家居範圍，何來犯法？

73. 鬼被困在人體內？

　　小時候只看了幾套《凶兆》電影及一齣恐怖電影，裏面的鬼魂是用牆面油層現形的，這令十歲前的筆者十分驚恐，筆者亦從此發誓不再看靈異電影。直至昏迷前見到紅衣女鬼，所以才會想到有人身穿紅長衣在半夜橫向踩雪屐（是我太無知吧？），亦不知道有靈魂離體這回事。

　　經過這幾年跟鬼相應，才發覺鬼魂並沒有電影內的「嚇人造型」、「嚇人氣氛」、「嚇人情節」及「嚇人動作」，那些只是電影為了吸引觀眾付鈔入場的誇張手法。為了尋根究底追查自己的靈異經歷，我被逼要參考通靈師、道士的看法及經驗，甚至要參考一些靈異影片及書籍以取得靈感，來啟發及印証自己的經歷。一方面既要取得靈感，另一方面又要控制不被他人的靈異經歷、主觀意見影響我的直觀感受，所以還是儘量避免聽及睇關於靈異的事，無可避免也要保持平常心。可是在 2021 年 4 月 3 日，我看了一條泰國女孩被鬼上身奪舍的片段 —— 話說女孩身體內的「鬼魂」表示它們是被困在身體內走不了，令我想起那位大聲背誦佛號的男孩（請參閱〈附身 vs 奪舍〉一

文），其實在他背誦佛號之前，我聽到有聲音問：「我哋點樣先至可以走？」它之前亦有表示被困在身體內，只是我聽不明白而已。（學生的心態、行為是最純真及直接，可信程度是比較高，但亦是最無知大膽的一群。香港不時發生學生探靈或請靈被鬼附身的新聞，可參考一下「學生鬼上身」的新聞及林以諾牧師的著作《驅鬼實錄》）

2016 年 4 月初，有聲音說某靈體困在我的身體內已很久，我一直不作理會，也不以為意，直至在醫院內一晚，突然感到有一個「東西」在我的身體離開。這感覺如同之前「紅衣女鬼」飛離我的心臟，及頭痛感到有「東西」離開身體，分別只是心臟及頭痛事件是局部範圍的感覺。而在醫院中「那東西」離開身體的感覺則來自全身。當時我也頗愕然，還隱約記得「它」說了句：「終於可以離開！」之後我一直把這事給忘記了，不曉得鬼魂是否真的會被困在生人身上，也不曉得它是從何時起被困在我的身體內，但我一直也沒有感知到它及紅衣女鬼的存在。我自小略有小聰明並不蠢，亦不覺得曾被控制及影響過，只有被弄痛心臟，可是由現在開始擔心一個問題，就是怕它們把熟睡中的我叫醒，睜開眼後看到一個頭在我面前兩吋時說：「你仲有嘢未寫！」。

一直以為是鬼魂賴在人身上不願離開，原來也有小部分個案是想走也走不了。

有「人」迷信、誤解，以訛傳訛，再一傳十、十傳百；同樣「鬼」亦會迷信、誤解，以訛傳訛，再一傳十、十傳百。人跟鬼其實是一樣，鬼也是由人而來，生前以為「枉死」後必須

害死另一個生人，才能離開枉死地及得到輪迴的機會，又或死後由另一個以訛傳訛的鬼魂告知這個迷信，那是完全的錯誤及誤解。我不知道這個誤會出自何處，但以我的經歷，有很多鬼魂從我的身體內離開了，包括紅衣女鬼、被困在我身體內很久的靈體、一些遊魂野鬼等。除了是我真誠的請它們離開之外，也是它們自己放下「執著」走了，這個「執著」不單是仇恨，也是一些迷信、以訛傳訛的誤會。再試想一下，如若用害人的方式得到輪迴的機會，下一生的際遇、人生路途會平坦幸福嗎？（說不定會做任人宰割的「豬」啊！）再加上被你害死的人的靈魂會放過你嗎？「人有千里尋親，鬼有隔世尋仇」，或許這就是有兩、三次我聽到聲音說：「我都搵咗你好耐！」的原因。假若它害死我，我做鬼後再纏著他找機會害死他，他死後又再找我尋仇，那「冤冤相報何時了？」又或大家有幸一起輪迴再做人，兼且有緣再聚，卻不明因由的看對方不順眼、互相傷害或對待仇人般，這樣的人生有意思嗎？凡事必有因果，只是不知道心中那把火的緣由罷了，佛教稱這「緣起甚深」，深到你不能理解，亦不能追索原因及來由。

放過別人，就等於放過自己。

後記：2021 年 3 月，巫術發源地之一的埃及移送 22 具古老木乃伊到另一博物館存放，舉行了矚目的遊行儀式。自古木乃伊牽扯迷信及咒語，很多騷擾木乃伊古墓的人亦因此死亡。巫術中的「咒語」內容有求福、求庇佑、治病、驅邪、催生愛情、改變天氣等，也有用來役使鬼魂。或許法老的靈魂仍在墓地，因此有些鬼魂被困在靈墓中守護法老。那麼騷擾木乃伊古墓的人，如盜墓者、參與及資助發掘陵墓的一眾科學家、考古學家、

挖掘者等等，他們即使遠隔重洋，那些千年來被困在陵墓或自願留守墓地、擁有「神足通」（請參閱〈鬼的神通〉一文）的鬼魂，也絕不會亦不敢放過他們。

74. 紅衣女鬼是我大婆？

想起在 2015 年年中，有一晚看到一段影片，內容是講述一位女士得到高人透露，一段她跟丈夫以往世的因緣。話說很久以前有個大官，本身已娶妻，他看中家中的妹仔，但卻沒有納她為妾（在當時的社會，三妻四妾是很平常的事），而是把她強姦。他一次又一次的欺騙她說會納她為小妾，並且經常打她，但是最終他也不肯實現諾言。這妹仔後來憤恨自殺死了，到了今世大家輪迴做人，他們相遇並結成了夫婦，但是身分卻互相交換──妹仔成了在商場上交際手段了得、八面玲瓏的女強人，而大官成了在家熱愛做家務的小男人。在人前丈夫是出了名的好好先生，但是在人後，丈夫卻經常打她、精神折磨她。

我估計我的故事應該是這樣，我的前世是一個瀟灑、風高傲骨、不為五斗米折腰的男性讀書文人。由於我的外貌俊朗，不單吸引了大婆（我的女冤親債主），也吸引了一個妹仔（現今的丈夫），並納為小妾，同時我也吸引了很多粉蝶埋身。大婆的妒忌心很重，後來她自殺死了，只剩下我跟小妾妹仔。大婆死後卻不甘心，所以今世回來找我。小妾也因為我最愛的不是她，及之後我入了佛門出家修行，最後她含恨而終，今世我和小妾重遇並結成夫妻，因而愛恨交纏。

我在今生的性格比較像男孩 —— 果斷、決絕、爽快、粗心大意、不懂廚藝，而我丈夫的性格比較像女孩 —— 細心、三心兩意、熱愛家務、勤力、慳儉。由於大家前世性別與今生性別相反，因此大家在性格上不獨擁有前世性別的特質，也擁有今生性別的特質。他既要負上對外的養妻活兒，對內也熱愛打理家務，性格亦比較矛盾多重。而我今生由於是女兒身，就專心在家照顧小孩，對於家務雖然不太熱衷，但也算負起責任。我對家庭電器、砌家具等興趣更大，而柔情細膩就真的沒有，但卻有女性的觀顏察色。簡單地說，我就是女人中的男人，他則是男人中的女人。

　　性格的形成「主要」來自父母的培育、環境傳媒的影響、個人的際遇、身邊朋輩的影響、思想教育的灌溉、原生家庭的影響等，不要甚麼也賴在前世今生因果上，人際是互動、互相影響的。

　　如果我們前世真有這樣的緣份的話，那的而且確是我欠了她和他。其實今生女冤親債主對我也不錯，起碼它沒有出面嚇我或加害於我（叫我跳樓的是男聲），它一直也只是默默的在我身邊潛伏著。可能它跟著我已有很多年及很多世。我更相信我與佛有緣，也不只是一世的事，只是今生才有「緣」開解它（緣起是在 2015 年 3 月禪十時，它們影響到我，令我腦內泛起一些不善的畫面，才被我發現。現在資訊科技發達，也容易上網找這些資料）。最後還讓它放下執著解脫走了，既然是我欠它的，它來找我，我又何需怕它及趕它走？道歉和懺悔是必須的，也可以想一想如何利益它、幫助它，讓它化解執著及離苦得樂。

後記：想起在 2016 年底，某一夜在熟睡中被一把男聲吵醒，它說：「佢連有令旗都可以送走？……（鬼魂生前受到極大的殘害或冤屈而死，在陰間向閻羅王伸冤，得到閻羅王授權的令旗，可以合法地來陽世找害他的人討冤、報仇）」我之後便再睡去。現在明白了，我這棋子的作用是用來告誡現世人「因果業報」之真實？究竟以往世我跟它有何仇怨呢？（可參閱平易著的《透視靈間 1 及 2》，信不信由你！）

75. 棋局

4 月 12 日，我閱讀了一本台灣通靈人伶姬在 2001 年出版的著作，內容透露她在初期得到「欽點」的歷練，竟發現跟我在 2016 年發生的異事相似。我讀後內心頓時輕鬆了不少，可能真是想找我做通靈人吧！雖然曾聽過幾次：「考試合格！」但最終我還是過不了關。

說來奇怪，自從由 2015 年開始寫這本書以來，好像再也沒有閱讀過因果案例的書，其實這位通靈人的書，我在幾年前已見過。當時不想閱讀是想避免書中內容影響自己的直觀感受及判斷而已，這幾天除了閱讀這位通靈人的著作之外，也閱讀了其他通靈人的著作。眾多因果案例自然有警醒及啟發的作用，信不信由你！不過如果你是某個案例中的受害者，死前及死後化成怨靈的你又會怎做？而我留意的是整體棋局的走勢。

宋朝有修道人寫了一本因果報應書《玉歷寶鈔》，書中描述的地獄有點嚇人，而且有些律法不合時宜及情理，因此有人質疑那是偽書。現代有學佛人上官玉華寫的《陰律無情1-2》，這書是敘述他遊歷地獄時的所見所聞，包括地獄情境、罪靈下墮地獄的原因及刑罰。通靈人伶姬的著作《如來世1-4》（2001年起陸續出版）拆解前世今生的因果輪迴，也高調提及高靈（如菩薩或神、仙、爺等神明）給她的靈力及一些境界。索非亞在《靈界的譯者1-2》（分別在2009年及2010年出版）指出廟宇內供奉的神明，有些只是裝模作樣、騙人的低靈（如鬼魂）。平易的前世今生因果書《透視靈間1-2》（分別在2014年及2018年出版）趨向淡化，是比較平實、貼地，言而道教、佛教及民間傳統習俗混雜難分（請參閱《宗教及人生（上）》〈宗教解讀〉篇）。

　　到了2021年就有筆者的著作出版（以上三位通靈人皆是臺灣人，筆者則是香港人），我不得不問自己一句，憑甚麼？又可以影響甚麼？我真的甚麼也不是，沒有陰陽眼、不能看到過去世的因果畫面、沒有遊覽上天及地獄的經歷、不能通靈亦不肯通靈，難怪在魔考（各種心魔境界的考驗）不合格後，高靈女菩薩叫我不要出書（2016年出院後說過三次）。反而是魔吩咐我一定要出書，因為它說「現今」的魔比它更魔（說時在2016年醫院中），有群魔亂舞、胡諮瞎攪及倒它台的情況（這些情況是我親眼目賭的），連它也有點吃不消。由於被高靈女菩薩多次勸止，在一拖再拖、再三考慮、平衡各個條件下，亦不想在「真正」死亡時後悔有野未做，終究還是「硬著頭皮、厚著面皮」出版。

因果案例有時會給人「迷」的感覺，包括令人「著迷」（情節吸引、離奇、怪異）、「迷信」（失去理性思維而篤信及落入神明的盲目崇拜）、「迷亂」（陷入報恩、報仇中猜度眼前人際關係）、「執迷」（逆境時歸咎過去世的仇怨及鬼魂，忽略或轉移了今生自己造作的因及責任）、「迷惘」（對待身邊人事物變得過多顧慮，不能自在地活在當下）。

其實透過每個因果案例故事裡的人際關係，可以讓人反思、檢討在跟他人相處時的言行心念，以及告誡善惡報應的真實，也能反映潛意識跟過去世經歷的關係，如某些難解難明的行為、心理及情緒。如要了解潛意識裡的內容及整理引致的心理、生理問題，可透過「催眠術」改善。

我在 20 歲時大難不死，之後我學懂了凡事不要只看表面——每一事件的背後可能隱藏著千百個原因及理由。正如我在昏迷一段時間後清醒過來，到醫生替我抽血時，我拼了命跟醫生搏鬥，其實只是因為在我昏迷時看見醫生想「殺」我，而這個印象就種植在我的記憶中。後來我更因此愛上研究人的行為及心理，令我日後更了解自己及他人，也讓我更體諒他人及放下執念。與鬼相應那段期間，則令我更了解這世界的真實情況。

在教育女兒讀書時期，我除了找回童真及培養出愛心、耐性之外，更明白到有一類人，無論你怎樣從正面、按常規講解或教授也是無用。反而是要先倒去她心中那杯水、打開她的死結（即先要了解她的思路及除去她的成見、歪理），再從正面、

與鬼相應

側面、反面或全盤不定期重複講解，才能為她灌入「正確」的資料或知識。基於這一個理由，就讓我這個「甚麼也不是」的棋子瞎闖一下，可能會有意想不到、另一番氣象呢！

「催眠術」是催眠師透過某些手段（如專注某事物、誘導、暗示），繞過受術者的心理防禦機制，讓受術者交出意識的控制權，令受術者潛意識裡的內容浮出水面（即意識），從而獲取受術者潛意識中的一些想法或某些記憶。催眠師幫助受術者改善生理及心理上的困擾。一般在催眠結束後，被催眠者均不會記得或知道自己曾經透露的資料，言而一些意識強、警覺性高、心態不良的人，就比較難進入催眠狀態。

76. 再被送精神科

2021 年 5 月 20 日再次入院。事緣我看到一堆似蟲又似蠅的極細小昆蟲由一隻被分屍、被吃了大半的死甲由身上走了出來，小昆蟲之後寄生在我的毛髮上並產了卵（感覺自己變成了那隻死甲由般，令我有很深的恐懼及驚慌，方才明白到他人在不懂得處理問題時的慌亂及無助感）。原本祈望入院後有醫生為我殺滅身上的蟲卵，醫生卻表示幫不了我並將我送進精神科病房觀察。今次比上次幸運，因為沒有了「陰陽耳」及備受「恐嚇」，我終於可以毫無忌違、盡情的跟其他病友交談。唯一不幸的是正值疫症襲港，醫院為了保持社交距離，病房的操作和規矩更森嚴及緊張，甚至可以用軍訓、監獄式訓練來形容。在

我身處的這間病房，基本上吃、喝、拉、睡也要在床上進行（鬆了「腰綁」就可以自行到洗手間如廁，也能自行到走廊打電話及吹乾頭髮）。雖然如此逼迫，卻有意想不到、驚喜的收穫。

　　整個病房共分五格，其中四格合共有四十五張病床，另一格只有三張獨立病床。在其中的三格都有一位女病人不時大叫大嚷。而在我身處的那一格病房，則有一位女病人是會不分日夜、一句接一句用盡氣力的呼喊護士（深深吸一口氣才叫嚷）。有一晚她們三位就如交響樂般輪流放電，那時我才明白到護士們的辛苦，她們還沒有在床上手舞足蹈呢！據聞我那格病房的女病人已留院多年，可惜我未能跟她交談。

　　經過我五天的觀察，精神科病房內的病人大致上分為兩大類，一類是有幻覺、幻聽，甚或其他嚴重病徵的病人，如我那格大叫大嚷的女病人，她們只佔少數，通常這類病人一般也比較沉靜不語（就像上次被送入精神科病房的我）。另一類則是精神受到刺激、被壓抑導致情緒大爆發的病人（在我那格病房內，十位病友中有兩位多次發病的原因，都是因為在年幼及青少年時期忍氣吞聲、沉鬱不語的性格長期累積所致，所以其中一位病友說「最緊要乜都講，唔好屈喺個心度」）。入院原因很多，有因親人、愛侶等的壞習氣或性格導致情緒失控，乃至沒有準時覆診，神志清醒但腦內思緒極混亂跳躍，以致不能入眠及自我調節情緒等。在我那格的病房內，十位病人當中有六至七位這類病人（包括筆者），她們一般比較健談、開朗（六位病友中有最少四位曾患上幻聽，而當中又有三位在第一次發病時已被治癒，包括筆者）。這六位病人之中有三位都是由十八、十九歲開始發病至四十多歲，她們出入醫院的次數達十

多次，每次也是因為情緒大失控不能自拔及不能入睡，才主動或被動入院見醫生以拿取精神科藥物安定情緒。從言談中得知，她們其中幾次是因為大叫大嚷及極力掙扎，被醫護五花大綁上病房（有一位病友透露曾被十二名醫護按著掙扎中的她），事過境遷後，她們就像一般平常人返工及生活，跟平常的人無異，而他們三位的伴侶都對她們十分愛護，以及他們之間相處很和洽，這可能跟溝通及體諒有關（令我好不生羨慕呢！）。

　　無疑這次再入精神科的經歷令我對精神病人徹底改變印象，加上自己本身曾經患上幻聽、幻覺等思覺失調及行為問題（中風昏迷後到清醒過來就跟醫護搏鬥，以及腦內畫面跳躍），真的覺得自己的人生十分有趣、豐富及精彩！我可以說幾乎所有精神病人的歷程，在我的一生中也曾遇上。跟她們的分別是，我有幸地遇上令我解決及放鬆的方法，如「打坐」能讓我的精神及肌肉放鬆、調節心跳及血壓、安眠、增強副交感神經令便秘改善、減低痛楚等（請參閱《身心靈》〈念佛、拜佛、誦經、打坐對身心的好處〉一文）。雖然益處、正面的影響極多，然而有「極少部份人」會得到不可思議的副產物或壞影響（如走火入魔、得到神通）（可參考本人的經歷，以及參閱《身心靈》〈靈性篇〉），另外，我也會以「書寫」信件及日記來疏理自己的情緒、清晰思路、自我引導及尋找解決方案，也會在每晚睡覺時聽音樂或念佛號，好使自己的思緒集中不散亂及不跳躍（請參閱《身心靈》〈聽音樂、寫日記的好處〉一文），否則我也應該一早是一個「頗瘋狂」（不懂自我調節情緒）的精神病人。

棋子的話：

全書內容是本人的個人經歷，不要隨便倣效。

　　要勸請附身的鬼魂離開，可不是鬧著玩的事，不要以遊戲、探索、測試的心態對待。要勸請附身的鬼魂離開，除了要有正向、清晰的價值觀及認知「真實」的世界之外，也要以客觀、多角度、平常心的思考及觀察人事物，亦要有修身修德、有慚愧懺悔的心、愛護慈悲其他道（請參閱《宗教及人生（上）》〈死後去處〉一文）的眾生，也要衡量自己的心理承受能力、「真正」的了解自己，以及有能分辨真假、內外、對錯、現實虛幻境界的頭腦。除此之外，你亦要考慮將來或會有其他鬼魂來找你幫忙，要有後續的處理方案，千萬不要像我般盲舂舂及胡亂瞎撞，否則你還是求助於能勸導鬼魂放下執念的「真正」通靈人吧，這會比較適合你。

　　再次提醒，「絕對」不能隨便、輕易、糊塗行事，更不能「疑心生暗鬼，無事搞出事」，筆者重申只有極少數人被無形眾生纏繞致病。生病應當先求診中醫或西醫，不要延誤了醫治。

　　前世今生、因果業報是真實存在於世間的，業報多反映在現世接觸的人、事、病及潛意識上，只有極少數情況會變成以無形眾生追討。所以人活在世上還是應當專注、關照好眼前的人事物，並且妥善照顧自己的身體。做人做事要對得起天地、法律、他人及自己的良心，切忌陷入、沉迷、執著於在前世今生因果的旋渦裏鑽牛角尖，因為有可能根本沒有「前因」，相

反今生的糾葛才是種下「後果」的第一因。反省改過、修正言行、重新認識自己、積福修善、不存歪念、處事換不同角度思考（如逆向思考、換位思考等）、努力做好今生每個角色（既是子女的「合格」好父母、配偶的好伴侶、父母的好兒女，亦是好同事、好鄰居、好公民、好朋友、好媳婦女婿等）、活在當下及珍惜眼前人事物就是。

世間覺系列 (1) 與鬼相應日誌

作者：棋子
編輯：青森文化編輯組
設計：HoYin@MUD
出版：紅出版（青森文化）
地址：香港灣仔道 133 號卓凌中心 11 樓
出版計劃查詢電話：(852) 2540 7517
電郵：editor@red-publish.com
網址：http://www.red-publish.com

香港總經銷：聯合新零售（香港）有限公司

台灣總經銷：貿騰發賣股份有限公司
　　　　　　　新北市中和區立德街 136 號 6 樓
　　　　　　　(886) 2-8227-5988
　　　　　　　http://www.namode.com
出版日期：2021 年 10 月
圖書分類：流行讀物／靈異
ISBN：978-988-8743-43-8
定價：港幣 88 元正／新台幣 350 元正